마마야
형제

間宮兄弟

Copyright ⓒ 2004 by Kaori EKUNI
First published in Japan in 2004 under the title "MAMIYA KYOUDAI"
by Shogakukan Inc.
Translation Copyright ⓒ 2007 by Sodam Publishing House
Korean translation rights arranged with Kaori EKUNI
through Japan Foreign-Rights Centre & Imprima Korea Agency.

이 책의 한국어판 저작권은
Japan Foreign-Rights Centre & Imprima Korea Agency를 통한
Kaori EKUNI와의 독점계약으로 소담출판사에 있습니다.
저작권법에 의해 한국 내에서 보호를 받는 저작물이므로 무단전재와 무단복제를 금합니다.

마미야 형제

에쿠니 가오리 지음
신유희 옮김

소담출판사

마미야 형제

펴 낸 날 | 2007년 2월 27일 초판 1쇄
2007년 3월 15일 초판 2쇄

지 은 이 | 에쿠니 가오리
옮 긴 이 | 신유희
펴 낸 이 | 이태권
펴 낸 곳 | 소담출판사
서울시 성북구 성북동 178-2 (우)136-020
전화 | 745-8566~7 팩스 | 747-3238
e-mail | sodam@dreamsodam.co.kr
등록번호 | 제2-42호(1979년 11월 14일)
홈페이지 | www.dreamsodam.co.kr

ISBN 978-89-7381-899-0 03830

● 책값은 뒤표지에 있습니다.

"앞으로도 둘이서 살자. 조용히, 지금처럼."

여름은, 형제 모두 무척 좋아하는 계절이다. 그들은 자신들이 여름을 즐길 수 있게 된 것을 서로 입 밖에 내어 확인한다.

"아름다운 계절이구나."

라든지,

"땀을 흘리고 나면 기분이 좋아."

라는 식으로.

베란다 너머로 파르스름한 하늘이 보이고, 방충망을 통해 여린 바람이 들어온다. 형제는 나란히 책상다리를 하고 앉아 후루룩거리며 국수를 먹곤 한다. 때로는 카레라이스를 먹는데, 다양한 향신료를 조합하여 야채가 완전히 녹아들 때까지 푹 익힌 카레는 테츠노부의 주특기 요리이다.

"풍경, 살까?"

테츠노부의 말에 아키노부가 대답한다.

"좋지. 왕찌찌네서 팔까 모르겠네."

왕찌찌란 근처 잡화점 주인 할머니의 별명. 할머니인데도 가슴이 무척 커서, 여름이면 어김없이 입는 간이 원피스의 허리께에 묵직하니 얹혀 있는 모습이 어린 마음에 인상적(이랄까 경이적)이어서, 일찍이 둘이서 그렇게 이름 지었다. 그로부터 세월이 20년 이상 흘렀지만, 왕찌찌는 기억 속의 할머니 그대로이다. 여전히 가슴이 크며, 여전히 잡화점을 꾸려 가고 있다.

양조 회사에 다니는 아키노부는 여름철이면 반드시 여섯 시 전에 귀가한다. 응원하는 프로 야구 팀의 경기 스코어를 체크하기 위해서다. 작년에 야구 전문 케이블 TV에 가입한 터라 135개 경기를 전부 볼 수 있다. 어릴 때처럼 TV 중계 종료 후에 부랴부랴 라디오로 바꿔 들을 필요도 없다.

형만큼 열심히는 아니지만 테츠노부 역시 같은 구단을 응원하고 있다. 드문 일이긴 해도 회사 일 때문에 아키노부가 도저히 일찍 귀가할 수 없을 때, 경기 스코어를 체크하는 건 테츠노부의 몫이다. 학교 직원인 테츠노부는 잔업이 적은 데다 여름방

학이 길다. 하기야 본인 말에 따르면,

"온전히 쉬는 날은 그리 많지 않아. 나무에 물도 줘야 하고, 전기며 수도 시설도 점검해야 하거든."

이라지만, 어쨌든 저녁 무렵에 아키노부가 전화를 걸어,

"미안. 부탁해."

라고 하면, 테츠노부는 충실하게 그리고 의욕에 가득 차서 그날 경기를 기록한다. 무슨 일이 있더라도.

형제는 태어났을 때부터 이 동네에 살고 있다. 처음엔 비교적 큰 집에서 일가 넷이 살았지만, 지금은 월세 13만 8천 엔의 방 두 개짜리 맨션에서 형제 둘이 산다. 둘은 죽 함께 살아왔고 엄청난 양의 추억을 공유하고 있다. 테츠노부에게는 32년 치, 아키노부에게는 35년 치 추억이다.

"가족끼리 고베에 여행 갔을 때 일, 기억나?"

형제는 갖가지 추억에 대해 가끔 이야기한다.

"기억나지. 오래된 호텔에 묵었는데, 밤늦게까지 카드놀이를 하느라 소란을 피우고, 아버지랑 어머니도 너무 신이 나서 큰소리로 웃고 떠드는 바람에 호텔 직원이 와서 주의 줬잖아."

"그래, 맞아."

이 이야기만 나오면 두 사람은 영락없이 킬킬대며 웃는다.

"베이비 골프란 것도 했었지."

"했어, 했어."

"그리고 밤에는 야경을 봤어."

추억담을 나누는 것은 대개 밤 시간이라서, 저마다 느긋하게 쉬면서 좋아하는 마실 거리를 홀짝인다. 아키노부는 캔 맥주나 캔 츄하이(과일 맛 첨가 알코올음료), 테츠노부는 커피우유다.

물론, 결코 이야기할 수 없는 추억도 있다. 회한과 수치, 석연찮음과 체념. 그것들은 형제 각자의 몫이다. 아무리 친해도 개개인의 쓰디쓴 경험—으레 여자 때문에 생긴—을 공유할 수는 없다. 다만, 서로가 비슷한 쓰라림을 겪어 왔기에, 마음속 어딘가 깊은 곳에서 아픔에 공명하고 있었다.

예를 들어 아키노부는, 동생이 실연할 때마다 동네 외곽의 고가선로에 신칸센을 보러 간다는 사실을 알고 있다. 어렸을 때 형제끼리 종종 자전거를 몰고 갔던 장소다.

"신칸센 좋지?"

"응, 너무 멋져!"

열차의 굉음에 지지 않으려고 큰 소리로 말했다. 고가선로는 가게며 집들이 드문드문한 장소에 오도카니 놓여 있어서, 두 개의 신호등과 전선 몇 가닥 너머로 확 트인 하늘이 보인다.

"타고 싶다."

"응. 저걸 타면 멀리 갈 수 있겠지?"

일찍이 동경에 불타는 몸으로 섰던 바로 그 장소에 우두커니 서서, 신칸센 열차를 몇 대씩이나 눈으로 쫓고 있을 동생의 모습은, 상상만으로도 형의 가슴을 욱조인다.

"잠깐, 신칸센 좀 보고 올게."

저녁을 먹고 난 후, 그런 말을 남기고 기운 없이 집을 나서는 테츠노부에게 아키노부는 뭐라고 건넬 말이 없다.

"그 맘 알아."

라고 말해 보았자, 무슨 위로가 되겠는가.

테츠노부 또한, 형이 사랑을 잃을 때마다 가슴이 아팠다. 아키노부에게는 테츠노부의 신칸센 같은 '습관'은 없다. 하지만 워낙 희로애락이 겉으로 쉽게 드러나는 성격인 데다 실연하면 인사불성이 되도록 술을 마시거나 자기 방에 틀어박혀 감상적인 정통 재즈곡을 듣는 등 눈에 보이는 행동을 하기 때문에, 같이 살다 보면 금세 알아차릴 수밖에 없다.

"그 맘 알아."

라는 말을, 테츠노부 역시 입에 올리지 않는다. 언급하고 싶지 않은 상처에 대해 그들은 반복 학습해 온 것이다. 누구도, 아무

것도 도움이 되지 못한다.

　마미야[間宮] 형제—마미야는 형제의 성씨—에게는 지금껏 연인이 있었던 적이 없다. 그렇기 때문에 실연이라고 해도 그것은 어디까지나 저 혼자 꾸준히 쌓아 올린 호의—대개 부드럽고 따스한 감정, 때로는 좀 더 성급하고 격렬하게 고조된 감정—를 짓밟히는 데 지나지 않는다. 곽삭 혹은 와지끈. 양치도 샴푸도 게을리 하는 법 없고, 심성 고운 마미야 형제이긴 했으나, 실제로 그들과 면식이 있는 여자들의 의견을 종합하면, '볼품없는, 어쩐지 기분 나쁜, 집 안에만 틀어박혀 사는, 너저분한, 도대체 그 나이에 형제 둘이서만 사는 것도 이상하고, 몇 푼 아끼자고 매번 슈퍼마켓 저녁 할인을 기다렸다가 장을 보는, 애당초 범주 밖의, 있을 수 없는, 좋은 사람인지는 모르지만 절대 연애 관계로는 발전할 수 없는……' 남자들이었다.

　두 사람은 지금 에어컨이 켜져 있는 거실에 돗자리를 두 장 나란히 깔고, 다리를 뻗고서 좌우로 누워 있다. 좀체 저물지 않는 7월의 저녁 하늘을 꾸벅꾸벅 졸면서 바라본다. 나란히 양손을 머리 뒤로 깍지 낀 채, 나란히 사흘 치 다박수염을 기르고서.

　"저 태평한 얼굴이라니."

　그들의 어머니가 봤다면 아마도 그렇게 말하며 쓴웃음을 지었으리라. 사실, 그들은 한 1년 전부터 더없이 마음이 평온하다.
 더 이상 여자 꽁무니는 쫓지 않는다.
 그렇게 결심한 날부터 모든 것이 평화로워졌다. 갑자기 그리고 놀랄 만큼 아름답게.
 여름. 그들은 수도 없이 그 계절을 찬미한다. 당연하지 않은가. 이제는 땀이 많이 날까 염려되어 뭘 마시고 싶을 때마다 참지 않아도 된다(아키노부는 고등학교 시절, 땀 억제제만으로는 안심이 안 되어 아버지가 쓰시던 오데코롱 향수까지 뿌리는 바람에, 냄새가 너무 지독하다는 이유로 교실에서 쫓겨난 적이 있다). 수영을 못해도 물에 뜨는 비트 판이 있으니 문제없다. 자동차 운전면허가 없어도 여행을 갈 수 있고, 여자가 없어도 즐거운 일은 얼마든지 있다.
 낮잠을 자다가 먼저 눈을 뜬 사람은 테츠노부였다. 자고 있는 형에게 타월 천으로 된 홑이불을 덮어 주고 에어컨의 세기를 줄였다. 부엌에서 커피우유를 만들어 마신다. 마침 빈속이었던 터라, 곧장 위장으로 미끄러져 내려간 우유가 차갑고 부드러운 영양원이 되어 자신의 몸에 흡수되는 것을 느낀다. 그것은 건전하고 바람직한 감각이다. 테츠노부는 자신의 체중이 신장에 비해 다소 많이 나간다는 사실을 알고 있다. 어렸을 때부터 그랬고,

초등학교 1학년 때 동네 야구의 포수로 지명 받았던 것을 제외하면, 몸무게 때문에 득을 본 적은 한 번도 없다. 그것뿐만이 아니다. 뚱뚱한 데다 평발이라서 고등학교를 졸업할 때까지 그에게 수영 시간은 고통이었다. 되도록 발바닥 바깥쪽에 체중을 실어 걷고, 풀 사이드에 찍히는 젖은 발자국을 어떻게 해서든 남들과 똑같이 보이려고 애썼다. 테츠노부는 미소 짓는다. 자신의 발자국 따위를 눈여겨볼 사람이 어디 있을라고.

물론 살을 빼려고 노력한 적도 있었다. 만화 주간지 광고란에 실렸던 다이어트 벨트—외국인 중년남성 모델의, 사용 전 사용 후의 놀랄 만한 사진은 지금도 잊혀지지 않는다—를 착용해 보았고, 과립을 물에 타서 마시기만 하면 된다는 영양식품도 복용해 보았다. 그러나 어느 것 하나 도움이 되지 않았다. 지금에 와서는, 특히 체형에 관한 한, 온종일 너울거리는 바다처럼 평온하게 있는 그대로를 받아들이고 있다. 유달리 빈상이라고밖에 표현할 길 없는 형 아키노부가, "그래도 없어 보이는 것보다는 나아."라고 위로해 주기 때문은 아니다. 단지, 그런 일에 연연하는 것이 품위 없어 보이기 때문이다. 남자는 본시 대범하고 품위 있어야 한다는 것이 테츠노부의 생각이다.

테츠노부가 보기에 형 아키노부는 충분한 품위를 갖추고 있지만 대범함이 부족하다. 형이 노상 위장약을 끼고 사는 것도 아마 그런 이유 때문일 것이다. 일찍이 형은 테츠노부에게 마음 든든한 존재였다. 테츠노부가 또래들 사이에서 놀림감이 되면 으레 형이 끼어들어 구해 주었다. 테츠노부는 제 또래보다 형이나 형의 동급생들과 더 친했고, 어쩌면 그 덕분에 어린애들끼리의 시시한 패권쟁탈이나 음습한 절차탁마로부터 거리를 둘 수 있었는지도 모른다. 정의감 강하고 아는 것 많고 차근차근한 성격에 마음씨까지 상냥한 아키노부는, 테츠노부에겐 가히 눈부신 존재였다.

그러나 둘 다 사회인이 되고 삼십 대에 들어선 지금, 테츠노부는 이제 자신이 형의 약점을 받쳐 줄 차례라며 씩씩하게 다짐한다. 자신의 행복을 위해서라도 우선 형이 행복해지길 바라는 마음이다. 아키노부는 웃어넘길 뿐 응하지 않지만, 실은 테츠노부가 근무하는 초등학교에 '아키노부의 이상형'으로 생각되는 여교사가 한 명 있어서, 한번 만나 보면 어떻겠냐고 양쪽에 이야기를 넣는 중이다. '쿠즈하라 요리코'라는 여교사인데, 아키노부는 다음과 같은 이유를 들어 만나기를 완강히 거부하고 있다.

"쿠즈하라 요리코라는 예쁜 이름을 가진 여자가, 날 좋아할 리 없어."

언제부터였을까. 테츠노부는 누워 있는 형을 타넘고 베란다로 나가 멍하니 생각에 잠겼다. 언제부터 형은 여자에 대해 그토록 자신감을 잃게 됐을까. 자랑할 일은 못 되지만, 인기 없기는 형제 공통의 역사다. 아키노부의 고교 시절 '펜팔'을 제외하면, 형제 중 어느 누구도 여성을 사귄 경험이 없다(아키노부가 스물여섯 살, 테츠노부가 스물세 살 때 나란히 소프랜드(Soapland)에 가서 무사히 동정은 뗐다).

하지만 그렇다고 해서 약해질 필요는 없다. 이러는 테츠노부도 지난번, 마음에 두고 있던 여성에게 매몰차게 거절당했을 때는—1년 전이다. "당신처럼 무신경한 사람은 보다보다 처음 본다."라는 소리를 들었다. "이런 말까지 하고 싶진 않았지만, 확실히 말해 두지 않으면 모를 것 같아서."라고—마음이 몹시 우울했고, 더 이상 여자 뒤꽁무니는 쫓아다니지 않겠노라고 형과 맹세하기도 했다. 애당초 마음 쏠 가치가 없는 여자들이었으니까, 애당초…….

자다 깬 어린애처럼 잔뜩 부은 얼굴을 한 아키노부가 곁에 오는 바람에, 여성을 둘러싼 테츠노부의 고찰은 중단되고 말았다.

"바람 좋네."

아키노부는 흐리멍덩한 목소리로 말하고 나서, 난간을 붙잡고 약해 보이는 몸짓으로 팔다리를 굽혔다 폈다 한다. 입가에 돗자리 자국이 나 있다.

"밥, 어떡할까?"

테츠노부가 물었다. 좀처럼 저물 줄 모르던 7월 저녁도 어느덧 밤으로 접어들고 있었다.

"산책은?"

아키노부의 말은 형제 사이에서만 통하는 표현으로, 풀이하자면 '상점가 어디쯤에서 외식이나 하자.'는 의미가 된다.

"좋지."

테츠노부는 경쾌하게 대답했다. 야구도 주간 경기였기 때문에 오늘 밤은 집에 있을 필요가 없다.

"오케이. 샤워하고 올게."

아키노부는 이렇게 말하고 욕실로 사라졌다.

비록 '동네 산책'일지라도 외출 전에는 반드시 샤워를 하고 옷을 갈아입는 것이 아키노부의 철칙이다. 그래야 생활에 탄력도 붙고, 기분이 좋아지기 때문이다.

"형은 언제 봐도 말쑥하다니까."

도로변까지 찬거리를 빽빽이 늘어놓은 채소가게 아주머니는,

아키노부를 볼 때마다 그렇게 말해 준다. 하기야 동생과 비교해서 그렇다는 말인지도 모른다. 사흘간 내버려 둔 수염을 정성스럽게 깎으면서 아키노부는 생각한다. 여하튼 테츠노부는 러프하다. 아키노부가 생각하기에, 휴일 외출복은 당연히 캐주얼해야 마땅하며 러프해서는 안 된다. 일 년에 두세 번 날 잡아 외출할 때는 몰라도, 그렇지 않은 때의 테츠노부 복장에 아키노부는 문제가 있다고 생각한다. 특히 겨울철의, 테츠노부 자신은 맘에 들어 하는 눈치인 헤비메탈풍의 검정 가죽점퍼는 도무지 마땅치가 않다. 돌아가신 아버지가 보셨다면 탄식했으리라. 동생은 옛날부터 남성적인 것을 동경했다—프로 레슬링을 좋아했고, 초등학교 때는 커서 경찰관이 되겠다고 했다—. 어쩌면 그런 러프한 복장으로, 통통한 체형과 어려 보이는 얼굴을 커버하려는 것인지도 모르지만. 물론 실제로는 역효과다.

"형, 아직이야?"

지금 가, 라고 대답하며 욕실을 나선다.

"창문은 잠갔어?"

아키노부는 사각 팬티 차림으로, 말과 달리 손수 창문을 잠근다(잠그기는커녕, 창도 열려 있었다). 홑이불을 침실에 가져다 놓고, 돗자리를 말아 정리한다.

"아직 멀었어?"

부엌에 희뿌연 컵이 놓여 있는 것을 본 아키노부는 눈살을 찌푸린다.

"커피우유 마셨냐?"

자기 방에서 음악을 듣고 있는 테츠노부에게 들리도록 큰 소리로 물었다.

"응."

"컵은 바로바로 씻어 놓으랬지?"

이번에도 말과는 달리, 아키노부는 손수 컵을 닦는다. 테츠노부는 원래 손끝도 야무지고 학교에서는 부지런한 사람인 듯싶은데 집안에서는 영 흐리터분하다.

깔끔하게 다림질한 하얀 와이셔츠에 베이지색 면바지, 모스그린색 벨트는 허리띠 비슷한 천 제품이어서 구멍 없이 얼마든지 꽉 죄어 맬 수 있다.

"아직이야? 배고파."

테츠노부가 얼굴을 내밀었다.

"어, 가자."

산책과 저녁 식사에 대한 기대감으로 눈을 반짝이며, 형제는 밤의 상점가로 향한다.

마미야 쥰코는 두 아들을 정말로 자랑스럽게 생각한다. 그렇게 착한 아이들은 다시없다. 상인방에 걸려 있는 대형 액자 사진들—모두 두 아들이 찍혀 있다. 따로 살게 되면서부터 매년 한 번씩 사진관에 가서 찍은 사진을 어머니에게 보내 준다—을 바라보며 쥰코는 흡족한 미소를 짓는다.

누가 됐든 아버지 뒤를 이어 변호사가 돼 주었더라면 더 좋았을 텐데, 라고 생각한 적이 없다면 거짓말일 테고, 슬슬 결혼해서 손자라도 하나 안겨 주었으면 하는 마음도 없지 않아 있다. 하지만 죽은 남편이라면 틀림없이 말했으리라. '그 아이들에게는 애들 나름의 인생이 있으니까.' 라고.

남편인 마미야 다츠오는 훌륭한 사람이었다고 쥰코는 생각한다(그를 아는 사람들은 누구나 그렇게 말하고, 너무 이른 죽음을 애도해 준다). 변호사는 남편의 천직이었다. 헌신적으로 일했다. 돈이 아니라 인정으로 움직였다. 기업을 상대로, 개인의 존엄을 위해―이건 생전에 남편이 즐겨 썼던 표현―전력을 다해 싸웠다. 의뢰인의 상담에는 늘 자기 일처럼 귀를 기울였다. 설령 그것이 집 근처 문구점 부부의 하잘것없는 부부싸움―그건 그 부인 잘못이라고 쥰코는 확신하고 있지만―의 중재이고, 그 결과 상담료 한 푼 받지 못할 일일지언정, 남편은 싫은 내색 하나 없이 그 역할을 떠맡았다. 지역사회에서는 당연히 명사로 통했다. 겉으로만 그런 것이 아니라 주위 사람 누구나 존경과 신뢰를 담아 다츠오를 '선생님'이라고 불렀다.

일을 떠나면 다츠오는 자식 사랑이 끔찍한 아버지였다. 두 아들을 데리고 야구장에 가기를 즐겼고, 아이들이 초등학생 때는 몸소 공부를 봐 주었다. 막내 테츠노부가 저 혼자 자전거를 탈 수 있게 될 때까지 매일 연습에 따라나서기도 했다. 쥰코라면 안달하다 지레 포기해 버렸을 일이다.

또 한 가지. 떠올릴 때면 지금도 뺨이 붉어지지만, 남편은 병으로 쓰러지기 전까지 근면하게 부부간의 성생활을 영위했다.

그는 더할 나위 없는 사람이었다.

준코가 생각하기에, 겉모습은 아키노부 쪽이 남편과 닮았다. 비쩍 마른 것도 그렇고 머릿결이며 입술 모양, 흰색 와이셔츠를 즐겨 입는 것까지 똑같다. 소매를 약간 접어 올려서.

그러나 성격으로 말하자면, 테츠노부 쪽이 좀 더 진하게 물려받았다. 정 많고 매사에 푹 빠져드는 경향이 있는 것도, 강아지처럼 한결같고 순박한 점도.

현재 준코는 자신의 생가인 시즈오카의 집―호농이었다―에서 구순의 노모와 함께 살고 있다. 남편과 함께 꾸민 집, 가족끼리 살던 이 집을 떠나는 것은 섭섭했지만, 이 또한 세월의 흐름인 듯싶다.

"저희 일은 이제 걱정하지 않으셔도 돼요."

아키노부가 그렇게 말했을 때, 준코는 천국의 남편에게 아들의 말을 들려주고 싶었다. 자신들의 양육 방식이 틀리지 않았음을 증명 받은 기분이었다.

"그래요. 나도 형도 이제 사회인이니까, 아무 걱정 마세요."

준코는 아들을 와락 끌어안을 뻔했다. 남편이 사망했을 당시, 테츠노부는 겨우 열네 살이었다.

"이 집을 팔고 시즈오카로 돌아가면, 엄마도 할머니도 평생

편안하게 지낼 수 있을 테니까."

 과감히 그렇게 하길 잘했다고, 쥰코는 지금 절실히 느낀다. 고령의 어머니를 수발하는 것이 힘에 부치고 가슴 아픈 일도 많지만, 반면 무언가 평온한, 아무도 없는 아름다운 풍경 속에서 심호흡이라도 하는 것 같은 특별한 정신적 평화가 깃드는 순간도 있다. 거들어 주는 사람도 자기 일처럼 애써 준다.

 게다가 쥰코에게 가장 중요한 것, 남편이 곁에 있다는 것을 느낄 수 있었다. 더 이상 일이나 다른 사람에게 남편을 양보하지 않아도 되는 것이다. 이제, 여기서는.

 두 아들도 자주 얼굴을 보이러 와 준다. 도쿄까지, 신칸센 열차를 타면 고작 한 시간 반 거리이다.

 매년 쥰코의 생일에는 아들들이 도쿄에서 외식을 시켜 준다. 그곳으로의 외출은, 쥰코를 어쩐지 화려한 기분에 젖게 한다. 물론, 시즈오카에도 이런저런 즐거운 일은 있지만……

 몇 년 전, 목수에게 의뢰하여 뒤뜰에 아틀리에를 지었다. 쥰코는 그곳에서 취미인 도예와 스테인드글라스 제작에 푹 빠져 있다. 근처 귤 재배 농가의 수확을 도우러 나가는 것도, 사람들과 어울려 이야기하거나 몸을 움직이는 것이 좋기 때문이다.

 여하튼 그런 연유로 쥰코는 두 아들을 자랑스럽게 여기며 전

원생활을 만끽하고 있다.

 어머니가 여름비처럼 쉴 새 없이 내비치던 맞선 이야기를 더 이상 꺼내지 않게 된 데 대해서, 아키노부는 진심으로 안도하고 있다.
 "아예 말조차 꺼내지 않게 됐다는 것도, 포기하신 것 같아 창피한 일 아냐?"
 맞선 경험이 없는 테츠노부는 그렇게 말하지만, 그런 말을 할 수 있는 동생이 아키노부는 조금 부럽기도 하고, 한편으론 동생을 위해 다행이라고도 생각한다.
 "아니."
 단언할 수 있었다. 아키노부에게는 열두 번의 맞선 경험이 있다. 내비친 이야기 건수만 해도 그 두 배가 넘었다. 동생에게는 그런 기분을 느끼게 하고 싶지 않을 만큼 그것은 불행한 경험이었다. 긴장과 실망 그리고 굴욕. 연애 경험이 없다지만, 아키노부에게도 바라는 여성상이 있다. 당연한 말이지만, 아무나 다 좋을 리 없는 것이다. 사진과 신상명세서를 보고 괜찮겠다 싶은 여성만 만났음에도 불구하고, 실제로 괜찮다고 느낀 건 그 반수밖에 안 되고, 아주 괜찮았던 사람은 셋뿐이었다. 게다가 '바로

이 여성이다, 나의 팜므 파탈이다.'라고 생각했던 상대는 단 두 사람이었다.

뭐, 지금이야 아무래도 좋다. 아키노부는 내심 그렇게 생각한다. 열두 명의 맞선 상대는 열두 명 모두, 만난 바로 그날 '없었던 이야기'로 해달라고 사람을 통해 전해 왔다.

"쿠즈하라 선생 말인데."

읽고 있던 잡지에서 고개를 들며 테츠노부가 말했다.

"맞선이니 뭐니 그런 딱딱한 인사는 생략하고, 친구로서 한번 만나 봐."

오후 열 시. 형제는 지금, 같은 잡지의 같은 페이지를 펼쳐 놓고 있다. 거기에 실려 있는 크로스워드 퍼즐(가로 세로 낱말 맞추기)을 누가 먼저 다 푸는지 겨루는 중이었다.

"싫다."

아키노부는 퍼즐에서 눈을 떼지 않고 대답했다.

"한 번도 본 적 없는 사람과 어떻게 친구로 만날 수 있겠어."

이 퍼즐 잡지를 형제는 매월 세트로 사들인다. 그만큼 퍼즐 게임을 좋아하는 것이다. 언제 어디서든 집중할 수 있는 좋은 오락거리라고 생각한다. 형제의 실력은 막상막하. 크로스워드의 경우, 테마에 따라 자신이 있고 없을 때가 있어서 운이 개입할

여지도 있고, 그 또한 하나의 재미라고 형제는 생각한다.
"알았어. 다시 말할게."
작은 소리로 테츠노부가 말했다.
"친구가 될 가능성이 있는 상대로서, 만나 봐."
아키노부가 웃는다.
"문맥은 옳게 통했구나."
자신의 말투가 형답다는 데 대해 아키노부는 만족을 느낀다. 좋아, 데려와, 하고 말을 이었다. 형다운 대범함으로.
"진짜지?"
테츠노부가 들뜬 목소리를 낸다.
"그 여선생한테도 누군가 친구를 데려오라고 하자. 그러면 혹시 나한테도 친구가 생길지 모르잖아."
낙관적인 성격이 테츠노부의 좋은 점이라고 아키노부는 생각한다. 옛날부터 그랬다.
"나, 카레 만들게. 여자들 취향으로, 요구르트니 시금치니 건포도 같은 거 넣어서."
동생의 어조에 동화되어, 아키노부도 어느새 기분이 들뜨기 시작했다. 손님을 초대하기는 오래간만이다. 형제는 친구를 대접하는 것이 좋았다.

"하는 김에 나오미도 부를까?"

아키노부가 말했다. 동생에게는 털어놓지 않았지만, 나오미는 아키노부의 마음속 연인이었다.

"비디오 대여점의?"

테츠노부가 놀란 목소리로 되물어서, 들뜬 기분이 순식간에 시들해졌다.

"왜냐면, 그러니까……, 놀러 가도 되냐고 물었잖아, 저번에."

테츠노부는 어이없다는 표정으로 형을 바라보며, 쥐고 있던 볼펜을 빙글빙글 돌리기 시작한다. 하기 거북한 말을 꺼내려는 것임을 아키노부는 직감한다.

"그야, 영업용 멘트일 게 뻔하잖아."

"그럴까?"

아키노부는 말하면서도, 당연히 그렇겠구나 싶었다.

"그 애 분명히 아직 학생일걸. 아르바이트생 같던데."

"응."

풀이 죽는다.

"형 서른다섯이지? 그 애 쪽에서 보면 아저씨라고."

"응."

"비디오 빌리러 오는, 남자 둘만 사는 집에 올 턱이 없어. 상식

적으로 위험한 일이잖아."

알고 있다. 하지만 아키노부로서는 역시 조금 힘을 내어 반론해 보지 않을 수 없었다.

"위험할 게 뭐 있어. 성인용 비디오를 빌려 본 것도 아니고, 반납 기한을 어긴 적도 없는데."

비디오로 영화를 보는 것은 퍼즐만큼이나 형제가 좋아하는 오락이었다. 예를 들면 토요일 오전 중에 둘이 비디오 대여점에 가서, 한 시간씩이나 들여 세 개씩 골라 가져와서는 낮이고 밤이고 본다. 그것은 그들 형제에게 있어 지극히 행복한 주말을 보내는 방법 중 하나였다.

"그런 문제가 아니잖아."

테츠노부가 말했다. 어찌 된 셈인지, 테츠노부까지 풀이 죽어 있다.

"낙관적이구나, 형은."

이럴 때 아키노부는 자신의 사고가 혼란스러워지는 것을 느낀다. 이상하다. 낙관적인 건 테츠노부일 텐데.

비디오 대여점에서 일하는 나오미는 발랄한 데다 손님을 대하는 느낌도 좋고, 무엇보다 청결함이 느껴진다(아키노부에게 청결함은 중요한 문제였다). 어떻게 이름을 알고 있냐면 명찰을

달고 있기 때문인데, 분홍색 사인펜으로 모난 듯 동글동글하면서도 묘하게 생기발랄한 여자애다운 글씨로 '나오미'라고 적힌 그 이름표에는 V 사인에 머리카락과 리본을 덧붙인 듯한 작은 그림까지 곁들여져 있다.

아키노부가 느끼기에 그녀가 자신들에게 호감을 갖고 있는 건 확실한 듯싶었다. 적어도 나쁜 사람들이 아니라는 것만큼은 알고 있을 터였다.

"아, 빌리 와일더 좋아하세요?"

예를 들면 이런 식으로, 그녀가 먼저 카운터 너머로 말을 건네기도 하고, 비디오테이프를 반납하러 갔을 때도, "아, 어떠셨어요, 이거?" 하며 일부러 물어봐 주기도 한다. 설마 싫은 손님에게 그런 걸 물을라고. 하기는, 감상을 물어본 건 『빌리 엘리엇(리틀 댄서)』과 『어바웃 어 보이』 때뿐이고, 두 번 모두 '점원 추천'이라는 플라스틱 팻말에 '나오미'라고 서명되어 있는 것을 골랐을 때였다. 자신이 추천하는 비디오를, 아키노부가 골라 가져가는 것을 눈치 챈 것이다. 아키노부에게는 그것이 비밀스런 캐치볼처럼 느껴졌다.

이야기할 때, 처음에 '아'를 붙이는 것이 버릇인 듯,

"아, 형제분이세요?"

하고, 회원중의 성씨를 비교하면서 물은 적도 있다.

"아, 안녕하세요?"

아키노부를 보고 그녀가 그렇게 말할 때면, 그 '아'에 무언가 사소하지만 개인적인 친밀감이랄까 호의 같은 것이 담겨 있는 것처럼 생각되었다.

옆을 보니, 테츠노부는 이미 퍼즐로 의식이 돌아가 있다. 이런 빠른 전환이 동생에게는 있고 자신에게는 결여되어 있다고 아키노부는 생각한다. 한숨을 쉬고, 세로 열쇠와 가로 열쇠에 집중하려 했다. 집 안은 약하게 냉방이 되고 있는 데다 창도 방충망만 달아 놓아서 바람이 통해 기분이 좋다.

"그렇지만 말이야."

미련인 줄 알면서도 아키노부는 중얼거리듯 말을 잇는다.

"초등학교 여선생님도 오니까 왠지 안전해 보이지 않냐? '모두 모이는 밤'이라는 걸 내세우면 그녀도 안심하지 않을까? 그래, 비디오 대여점에서 일하는 사람들을 전부 초대하면 되겠다. 그 젊은 대머리 점장을 비롯해서 모두 말이야."

"전부는 무리일 것 같은데."

테츠노부가 형을 물끄러미 바라보며 말했다.

"가게 볼 사람이 없잖아. 거기, 연중무휴인데."

"그런가?"

아키노부는 다시 풀이 죽었다.

"하지만 한 사람만 부르기보다 여러 명 초대하는 쪽이 나을지도 모르겠네. 쿠즈하라 선생 역시 다른 여자가 있으면 부담도 덜 될 테고."

어릴 적, 테츠노부가 좋아하던 간식거리의 하나인 방울 카스텔라를 아키노부가 자기 몫까지 동생에게 양보하겠다고 말했을 때 보인 것 같은, 환한 웃음을 지으며 테츠노부가 말했다. 아키노부는 자신을 위해 이것저것 계획해 주는 테츠노부를 기특한 녀석이라고 느끼면서, 역시 동생 쪽이 낙천적이라고 생각했다.

쨍쨍 내리쬔다.

스프링클러와 호스를 안고 아무도 없는 교정을 걸으면서, 테츠노부는 자기 자신을 헤밍웨이에 견주고 있다. 남자와 고독, 인위 대 자연. 실제로, 여름방학 중인 초등학교에서의 노동은 고독하다. 목에 걸친 타월로 간간이 얼굴의 땀을 닦으며 테츠노부는 묵묵히 작업을 한다.

학교 직원이란 직업이 마음에 드는 것도 그 점 때문이다. 자기 페이스에 맞춰 일할 수 있다는 점. 어릴 적부터 일관되게, 테츠노부는 집단행동에 서툴렀다. 멍하니 있으면 창피를 당하고, 그렇다고 주위 눈치를 보느라 급급한 것은 비참하다는 생각이 들었다.

크기야 교사용 직원실이 크지만, 온갖 도구가 즐비한 교무원실은 이를테면 개인 방이라 그 점도 무척 마음에 든다. 뭔가 은밀하다는 점에서 어릴 때 동경하던 '파출소'와 비슷하다. 프라이버시는 테츠노부가 무엇보다 우선시 여기는 사항이었다.

파란 하늘이다. 수영장도 교정도 개방하는 날이 아니라서, 사람 한 명 보이지 않는다. 철봉, 깃대, 백엽상, 조례대……. 테츠노부는 고요함을 사치로 여긴다.

물론 이 일에도 번잡한 인간관계는 있다. 번잡한 인간관계 외에도 다양한 업자들과의 소통이 있고, 직무기준 일람에 '지시 및 대응'이라 기재되어 있는 나름대로 상세한 대인 업무는, 테츠노부에게 자신이 헤밍웨이가 아니라는 사실을 종종 일깨워 준다.

그럼에도 테츠노부는 전반적으로 자신의 일이 마음에 들었다. 노력한 것이다. 이 일자리를 얻기 위해 터무니없이 많은 연수를 받았다. 타일보수 연수, 상급 구급구명 강습 연수, 가드닝 연수, 의자수선 실습, 컴퓨터 강습, 소나무 가지치기 실습, 풀베기 실습, 전기공사 강습……. 게다가 교육위원회와의 '간담'이라는 장애물도 있어서, 마침내 채용이 결정되었을 때는 만족감

뿐만 아니라 자신이 뛰어난 인물임을 인정받은 듯한 기분도 들었다.

덥다.

안경을 벗고 땀을 닦는다. 물 뿌리는 일은 테츠노부가 좋아하는 작업이다. 구불거리는 호스와 신속하면서도 확실하게 돌아가는 양순한 기계. 물보라는 태양 빛에 반짝이며 사방으로 튀고, 하얗게 말라붙은 지면에 스며들었다가 이윽고 촉촉이 배어 나온다.

지난주에는 닷새 걸려 학교 건물 내에 왁스칠을 했다. 아무에게도 방해받지 않아 기뻤다.

애인이 있다면. 가끔 그런 생각을 할 때가 있다. 애인이 있다면, 이렇게 아무도 없는 학교에 특별히 들여 줄 텐데. 왁스칠이며 쓰레기 처리하는 모습을 보여 주고도 싶다. 아니면 등나무 그늘 정비하는 모습을. 주전자에 끓여 놓은 차가운 보리차를 교무원실에서 마시게 해 줄 수도 있는데.

쿠즈하라 요리코는 마미야 테츠노부를 '대책 없이 사람이 좋다.'고 여긴다. 그 유머러스하게 통통한 체구로 몸을 아끼지 않고 열심히 일하는 데다, 방긋 웃으면 어린아이 같은 표정이 나온다. 태생이 좋아 보이는 점도 요리코로서는 호감이 갔다.

요리코는 올 봄 서른둘이 되었다. 학창 시절부터 사귄 애인과 헤어진 지도 꽤 됐고, 그 이별의 계기가 되었던 동료 교사와의 불륜 관계도 지루하게 지속될 뿐 이제는 그야말로 바람 앞의 등불이다.

피폐해져 가는 사랑은 슬프다.

한낮의 미용실에서 샴푸를 받으며 곰곰이 생각한다. 그토록 사랑했건만. 직원회의 때조차 가슴이 두근거렸다. 인근에서는 데이트를 할 수 없어서 아사쿠사를 비롯해 네즈, 카사이, 요코하마, 마쿠하리 할 것 없이 온갖 장소를 돌아다녔다. 한창 불이 붙었을 때는 조리실이든 주차장이든 가리지 않고 입맞춤을 했다.

하지만 이제 모두 먼 얘기다. 올해 들어 데이트 제의는 두 번뿐이었고, 그중 한 번은 무덤덤하게 차만 마셨다.

귀찮은 존재가 되어 가고 있었다. 그런 생각으로 마음의 상처를 입었다. 딱히 차인 것은 아니다. 갑자기 돌아서면 내가 소란이라도 일으킬까봐 두려운 것일 테지. 완전히 바보 취급 당하고 있었다.

"자, 이쪽으로 오세요."

미용사의 말이 끝나자 얼굴에서 타월이 치워짐과 동시에 의자 등받이가 세워졌다. 테루테루보즈(날씨가 개이길 기원하며 처마 밑에 매다는 종이인형) 같은 모습을 하고, 요리코는 거울 앞자리로 이동한다.

마미야 테츠노부의 초대는 그래서 어쩐지 기뻤다. 자신도 완전히 버려진 것은 아니라는 생각에.

"형이 한 번 만나고 싶어 해서요."

마미야 테츠노부는 그렇게 말했다. 그는 '형'에게 대체 나를 어떻게 설명했을까.

"괜찮으시면 친구 분이라도 좋으니 같이 오세요. 저희 집에서 그냥 카레만 먹는, 편한 모임이니까요."

마미야 테츠노부는 이렇게 덧붙였다. 그러나 요리코는 친구를 데려갈 생각은 없다. 여고생도 아니고. 혼자 갔다 혼자 돌아올 생각이다.

"형님은, 마미야 씨와 닮으셨나요?"

요리코가 묻자 테츠노부는 웃으며 대답했다.

"전혀요."

전혀. 그렇다면 혹시, 괜찮은 남자일지도 모른다.

유리 너머로 여름의 거리가 보인다. 가로수와 노상 주차된 차량들, 진절머리 날 정도로 많은 젊은이들. 손을 맞잡고 있거나,

담배를 피우기도 하는.

"오늘은 날씨가 좋네요."

요리코가 미용사에게 말했다. 밝고 냉방이 잘 된 가게 안에서 샴푸며 트리트먼트의 청결한 향이 난다.

"그렇네요. 일기예보에선 밤에 비가 온다지만 말이에요."

귓전에서 가위가 싹둑싹둑 소리를 내고 있다.

비디오 대여점 점원인 '나오미'를 '여름밤 카레 파티'에 초대한 사람은 아키노부였지만, 그건 사실 표면적인 것이었다.

퇴근길에 비디오를 두 개 빌리기로 하고, 이 경우 연애물이 아니어야 그녀를 안심시킬 것이란 생각에, 숙고 끝에 미리 정해 놓은 『우리 아빠 야호』와 『400번의 구타』—둘 다 몇 번을 봐도 싫증나지 않는 영화다—를 골라, 긴장한 나머지 거의 엉킨 다리로 간신히 카운터까지 가서는 애써 태연한 척한다. 그러나 심장이 제 위치에 자리 잡기를 고집스럽게 거부하며 머리끝 손끝 할 것 없이 옮겨 다니는 바람에 도저히 진정되지 않는다. 결국은 '안 되겠다, 역시 다음번에 와서 말을 꺼내자.'라고 생각하고 마는 자기 자신을 질타하였다. 때문에,

"이번에 동생이 카레를 만든다는데……."

하고 횡설수설 말을 꺼낸 순간, 미처 권하기도 전에 나오미가 생긋 웃으며,

"재미있겠네요. 꼭 찾아뵐게요."

라고 대답했을 때, 아키노부는 당연히 놀라 기절할 뻔했다.

"아, 언제죠?"

말도 못하고 멍하니 서 있는 아키노부에게 그녀가 물었다.

"아, 언제든지."

희한한 대답이 되어 버렸다.

"그러니까 그게, 말하자면, 사람들 일정을 다 알아보고 나서 결정하려고. 사람들은, 그러니까, 초등학교 여선생님이 온답니다. 동생이 근무하는 학교의. 아, 동생은 교사가 아니라 학교 직원이지만."

희한한 건 이야기의 내용보다 오히려 이야기하는 투. 알아들을 수 없을 만큼 작은 목소리로 혼잣말처럼 장황하게 늘어놓았지만, 나오미는 참을성 있게 듣고, 월, 수, 금 외에는 언제든 괜찮다고 했다.

"그럼, 정해지면 바로 알려 드리겠습니다."

너무 긴장하고 놀란 나머지 아키노부는 무표정하게 대답하고, 가볍게 머리 숙여 인사한 후 가게를 나왔다. 아키노부와 만

난 적 있는 여자들이 이구동성으로 어쩐지 으스스하다며 뒷말하는, 요컨대 상대를 지그시 바라보는 그 무표정이다.

그러나 나오미는 겁먹지 않았다.

"아! 이거."

그렇게 말하며, 아키노부가 하마터면 놓고 갈 뻔했던 비디오테이프 두 개를 카운터 너머로 내민다.

이럴 수가, 완벽해.

아키노부는 마치 경보라도 하는 듯한 자세로 상점가를 걷고 있다. 마침 내리기 시작한—먼지 냄새나는—굵은 빗방울 때문에 고개를 숙인 채 들끓어 오르는 기쁨을 억누르고자 험악한 표정을 짓고 있었으니, 남들 눈에는 무슨 불쾌한 일이라도 있는 사람처럼 보이겠지.

굉장해, 정말 굉장해. 이렇게 일이 잘 풀릴 줄이야.

1미터 전진할 때마다 기쁨이 현실감을 동반한다. 해냈어, 해냈다고.

힘이 넘친 아키노부는 당장이라도 쌩하니 달려 나가고 싶은 기분이었다. 한 알이면 300미터를 내달릴 수 있다던가 하는 캐러멜을 몇 상자씩이나 먹은 양.

"뭐야, 형, 짐 캐리 흉내?"

양복 차림으로 물에 젖은 생쥐 꼴이 되어 들어온 아키노부를 보고, 테츠노부는 우선 그렇게 말했다. 아키노부와 짐 캐리는 물론 한 군데도 닮은 구석이 없지만, 이를테면 형제간의 예의 차원에서 그렇게 말한 것이다.

"다녀왔다."

아키노부가 기분 좋게 인사했다.

비디오 대여점에서의 전말을 급하게 이야기할 생각은 없다. 느슨해지려는 입가를 다잡고, 타월을 가지러 욕실로 갔다.

나중에 얘기하려나, 하고 테츠노부는 생각했다. 저토록 기뻐하는 얼굴로, 평일인데 비디오까지 빌려 오다니.

나오미와는 며칠 전에 이야기를 마쳐 두었다.

"사람 수가 많아야 재미있으니까, 꼭 와 줘. 꼭 꼭 꼭 꼭 꼭, 꼬옥, 와 줘."

마지막에는 거의 애원조가 되었다. 놀라는 그녀에게 말할 틈도 주지 않고 막무가내로 밀어붙였다.

"알았지? 응? 응?"

형이 여자를 제 사람으로 못 만드는 건 결정적인 순간에 움츠러들기 때문이라고 테츠노부는 생각한다. 하지만 결정적인 순간에 열의가 지나쳐 막무가내가 돼 버리는 테츠노부 또한, 그 탓에 번번이 실패를 맛보았다.

"하지만……."

나오미는 망설였다. 이쯤 되면 테츠노부는 막다른 곳에 몰리는 심정이 되고, 동요한 나머지 더 뜨거워지고 단다.

"응? 응? 응? 부탁이야. 나쁜 일은 없을 테니까."

빌다시피 부탁했다.

결국 그녀는 웃음을 터뜨리고 말았다.

"갈게요. 간다니까요. 하지만 정말로 제가 가도 되는 자린가요?"

좋은 애잖아.

테츠노부는 생각했다. 내 취향은 전혀 아니지만.

취향.

형제한테는 확실히 그런 게 있다.

테츠노부가 볼 때, 형의 취향은 건강한 테니스 선수풍의 여성. 하지만 과하게 건강하지 않고, 스포츠도 아주 잘하는 편은 아닌 여성 쪽을 선호하는 듯싶다. 반면 테츠노부의 이상형은 좀 더 그늘이 있는 여자다. 선이 가늘고 쓸쓸해 보이는 여자. 말수가 적으면서도 목소리는 부드러운, 이를테면 『세브린느』의 까뜨린

마미야 형제 41

느 드뇌브 같은 분위기를 좋아한다. 되도록이면 클래식 기타를 다룰 줄 알고, 결코 노래방 같은 데는 드나들지 않는, 하지만 테츠노부를 위해서라면 집 안에서 노래를 불러 줄 법한 여자가 좋다. 『티파니에서 아침을』 중에서 '문 리버'를 노래하는 오드리 햅번처럼. 가능하면 요리가 특기인 데다, 깨끗한 걸 좋아하고 시끄럽지 않은 여자. 침대에서는 분방하고, 『보디 히트』의 캐서린 터너처럼 다리가 예쁘다면 좋겠지만, 거기까지는 뭐, 지나친 바람일지 모른다.

어차피 나오미는 내 취향이 아니다. 테츠노부는 그렇게 생각한다. 따라서 끈덕지게 조르는 자신을 짜증스럽게 여긴대도 아무 상관없었다.

"밥은?"

샤워를 마치고 옷을 갈아입은 아키노부가 묻는다.

"다 됐어."

테츠노부는 대답하고 부엌에 섰다.

 여름밤에 좍좍 쏟아지는 빗소리를 듣고 있노라면 기분이 좋아진다. 목욕을 마치고, 볼(Bowl)에 가득 든 과일 요구르트를 여동생과 둘이 스푼으로 떠먹으면서, 혼마 나오미는 창밖의 소리에 귀를 기울이고 있다.
 "근데 말이야, 왜 덜컥 가겠다고 한 거야?"
 마미야 형제의 초대에 대해 나오미는 동생인 유미에게 보고하고, 함께 가자고 했다가 거절당한 참이다.
 "싫어."
 유미는 묻기가 무섭게 대답했다.
 "수상하잖아 그런 거. 코타한테 같이 가 달래지."

유미는 고등학교 3학년. 본인도 충분히 자각하고 있는 늘씬한 몸을, 키드 블루(KID BLUE) 러닝셔츠와 팬츠로 감싸고 있다.

"왜냐니? 날짜가 미정이니 딱히 거절할 이유도 없었고, 그렇게 사정사정하는데 어떡해 그럼."

"어느 쪽이?"

"동생 쪽. 형은 뭐랄까, 분명치가 못해. 도무지 제대로 의사 표현을 못한달까."

"우엑."

처음에는 나오미도 같은 대학에 다니는 남자친구인 코타를 데려갈까 생각했었다. 하지만 그래서는 어쩐지 노골적으로 경계심을 드러내는 것 같아 실례일 듯싶었다.

"게다가 진작부터 나, 그 집에 놀러 가 보고 싶다고 말했는걸. 형제 둘이서만 살고 있다니 꽤 흥미롭지 않아?"

"우엑. 언니, 호기심이 너무 지나쳐. 성폭행이라도 당하면 어쩌려고 그래?"

볼 바닥을 스푼으로 긁으면서 유미가 말했다.

"당할까나?"

"당할지도."

두 자매는 무서운 이야기를 태연자약한 얼굴로 나눈다.

"그러니까 난 절대 안 가."

빈 볼을 싱크대로 가져가더니, 내일 아침에 엄마가 하지 않겠냐는 듯이 물만 부어 두고 제 방으로 돌아가는 동생을 눈으로 쫓으며, 나오미는 한 차례 한숨을 쉰다. 역시 거절할까, 생각한다. 특별히 위험한 낌새는 없었지만.

초등학교 여선생이 온다고 했지. 동생은 선생이 아니라 학교 직원이란 말도. 학교 직원이 어떤 것인지 나오미는 잘 모른다. 형은 가게의 회원등록 카드에 '회사원'이라고 기재되어 있다. 하긴 회사원이라는 것도 애매하다. 그것만 가지고는 아무것도 알 수 없다.

"카레 파티라……."

소리 내어 말해 본다. 뭐 어때. 재미있을 것 같잖아. 싱크대로 가서 볼과 스푼을 씻었다. 빗소리가 평화롭고 시원스럽게 나오미의 귀를 적신다.

마미야 형제는 언뜻 보기에는 몰취미 같지만 실은 취미가 많다. 거의 모든 종류의 스포츠 관전을 좋아하고, 음악도 즐겨 듣는다. 둘 다 독서가인 데다, 독서 후에 감상을 이야기하는 것도 좋아한다. 모형 조립도 특기다(테츠노부의 방에는 N게이지로 불리는 철도 모형이 요란하게 장식되어 있다). 퍼즐류도 무척 좋아해서 그중 사이즈가 큰 직소 퍼즐에는 눈에 불을 켜고 달려든다. 일단 시작하면 두 사람 다 철야는 기본이고 출근조차 하기 싫어질 정도라서, 형제는 직소 퍼즐을 가리켜 '재미있는 지옥'이라고 부른다.

 이렇게 많은 취미를 가졌어도 그들의 오락은 전부 실내용이라서 주변 사람들 눈에는 그다지 충분히 노는 것처럼 비춰지지 않았다.

 "좀 더 놀아."

 아키노부의 회사 선배이자, 아키노부가 믿고 따르는 몇 안 되는 친구이기도 한 오오가키 겐타는 늘 이렇게 말한다.

 "놀지 않으면 성장할 수가 없다고."

 그러고는 여장 남자들이 우르르 나와 춤추는 카바레라든지, 80년대 히트곡만 틀어 대는 복고 클럽 같은 곳에 데려가 준다. 아키노부는 그런 장소에 통 적응이 안 된다. 하지만 가자고 권유받는 건 어쩌다 있는 일이고, 데려가 주는 오오가키 겐타에게는 깊이 감사하는 마음도 있어서, 어디든―응원하는 프로 야구 팀의 경기를 희생하고서라도―따라나선다.

아키노부는 회사가 싫었다. 정확하게 말하면, 회사에 있기가 싫었다. 묘한 일이 아닐 수 없다. 지금의 일을 좋아하고, 애사심도 있다. 자사 제품에 긍지도 가지고 있다. 그럼에도 왜 회사에 있기 싫으냐면, 마음이 편치 않기 때문이다.

업무 면에서는 아무 문제도 없다. 하지만 일에서 한 발짝만 벗어나면, 다른 사람과의 거리를 어느만큼 두어야 할지 아키노부는 알지 못한다. 학생 때부터 죽 그랬다. 테츠노부에게도 그런 구석이 있고, 때문에 그 녀석이 일반 기업과는 좀 다른 곳에 취직한 게 아닐까, 아키노부는 생각한다.

가족이나 친척, 이웃 사람들과 있을 때는 둘 다 잘 떠들어서, 어머니인 쥰코는 "집에서만 수다쟁이라니까." 하고 우습다며 웃는다.

같은 회사 사람들을 싫어하는 것은 결코 아니다. 한 사람 한 사람 뜯어보면 좋은 녀석이거나 재미있을 법한 녀석도 있고, 여직원 중에는 상냥해 보이는 사람도, 귀염성 있는 사람도 있다. 그러나 아키노부는 인간관계를 일 대 다로 받아들이는 습성이 있고, 일 대 다가 되었을 때 아무래도 그들이 자신을 꺼리는 듯한 느낌을 받고 만다.

언젠가 후배에게 조언을 했더니, 도리어 그쪽에서 혀를 찬 적이 있었다. 그때는 충격이었다. 혀를 찬 바로 직후에 "알겠습니다."라는 대답이 이어져서 화를 낼 수는 없었지만.

평소엔 점잖은 상사들도, 예를 들어 사원 여행에서 술이 좀 과했나 싶으면 바로 아키노부를 안줏거리 삼아 씹어 댄다. 일찍이 변호사를 꿈꿨던 일이며, 계속 맞선만 보는 것을 재미있다는 듯이 떠들어 대는 자리에 있기란 여간 고통스런 일이 아니다.

꽤 여럿 되는 여직원에게는 이제 가까이 하지 않기로 마음먹었다. 조금 친절하게 대할라치면 수작 부리고 있다는 소문이 돌고, 멍하니 바라보기만 해도 마치 치한이라도 보는 듯한 눈으로 쏘아보기 때문이다.

그런 이유로 아키노부는 회사에 있는 시간이 싫다. 지금은 다음 주로 다가온 카레 파티와, 그 후의 여름휴가를 손꼽아 기다리고 있다. 여름휴가라 해도, 시즈오카에 계신 어머니를 찾아뵙는 것 외에는 달리 할 일도 없지만.

아키노부가 회사 안에서 마음을 터놓을 수 있는 사람은 딱 두 명뿐이다. 한 사람은 개발부의 오오가키 겐타, 또 한 사람은 경리부의 안자이 미요코. 아키노부는 그 두 사람만은 자신을 꺼리지 않는다고 느낀다. 일 잘하고 술이 센 두 사람과 함께 있다 보면, 든든한 마음에 저도 모르게 말수가 늘고 즐거워져서 과음을 하고 만다. 그래서 다음 날 아침 사과하러 가면, 두 사람 다 걱정 말라며 웃으면서 받아 주곤 했다.

오오가키 겐타는 39세로 기혼, 안자이 미요코는 49세로 독신이지만, 두 사람은 한 가지 문제에 대해서만큼은 완전한 의견 일치를 보인다.

"결혼 같은 거 할 게 못 돼."

두 사람은 기회 있을 때마다 아키노부에게 이런 소리를 한다.

"마미야는 독신이라서 좋겠네."

라느니,

"그래 그래. 못된 여자 조심해야 돼."

라느니.

아키노부의 처지에서야, 착하든 못됐든 여자가 다가오질 않으니 조심하려야 조심할 것도 없다. 하지만 오오가키와 안자이 두 양반은 그런 점을 헤아려 주지 않는다. 어둑어둑한 바의 카운터—오오가키 겐타는 안자이 미요코와 있을 때는 여장 남자들이 춤추는 카바레나 80년대 복고풍 클럽에는 가지 않는다—에서 버번의 얼음을 달그락거리며 단정한 옆얼굴로 한숨을 쉬고, 둘 다 어째서인지 아키노부를 부러워하는 것이다.

한 달에 한 번 있을까 말까 한 그 시간을 아키노부는 소중히 여긴다. 테츠노부 이외의 사람과 보내는 시간 중에서 즐거움을 느끼는 적은 달리 없다고 해도 과언이 아니다. 동생에게 의존하지 않는다고 느껴지는, 동생 없이도 인생을 즐길 수 있다고 느껴지는, 몇 안 되는 기회인 것이다. 그래서인지 어느새 과음을 하고 만다.

커피우유 마니아인 테츠노부로서는, 제 몸 하나 제대로 못 가눌 지경까지 술을 마시는 행위를 당연히 이해할 수 없다. 어리석기 짝이 없는 데다 도무지 그 의미를 알 수가 없다.
"형, 일어나 봐. 진짜 못 봐 주겠네."
모처럼 자랑거리인 오디오 기기에 둘러싸여, 볼륨을 최대한 키우고 화이트 스네이크(White Snake)의 음악을 듣고 있었는데, 술 취한 아키노부가 현관에서 고함을 질러 대는 바람에 일인 콘서트—곡에 맞춰 드럼을 두드리거나 기타 치는 흉내를 내며 희열에 빠지는, 테츠노부의 놀이이다—가 중단되고 말았다.

고함을 질러 댄다고는 해도, 술 취한 아키노부의 목소리는 영 힘이 없다. '다녀왔어.'는 '다녀아서.'로 들리고, '좀 도와줘.'는 '쩜 더아저.'로 들린다. 테츠노부는 무시하기로 마음먹었지만, 여느 때와 마찬가지로 아키노부는 미약하면서도 집요하게,

'쩜 더아저…… 테츠노부우…… 쩜 더아저……' 라고 계속 중얼거린다.

"어이, 일어나 보라니까. 구두 벗고."

팔을 잡고 끌어올리지만, 아무리 일으켜 세워도 이내 비실비실 주저앉는다. 자기 딴에도 우스웠는지 아키노부는 킬킬 웃음을 터뜨리고 만다.

"다녀아서. 테츠노부우 와 줬구나. 보거 시퍼따거."

"시퍼따거는 무슨. 또 오오가키 씨야?"

물어봤자 소용없는 일인 줄 알면서도, 달리 할 말이 없어 그렇게 묻는다. 형이 믿고 따르는 사람이라는 얘기는 들어 알지만, 아직 만나 본 적 없는 '오오가키 씨'는 형을 고주망태로 만들어 버리는 도리 없는 아저씨일 뿐, 그 이상도 이하도 아니다.

"쩜 더아저, 테츠노부우……."

"부부부 좀 하지 마, 침 튀니까."

구두를 벗겨 주면서 테츠노부가 말한 순간, 아키노부는 게슴츠레한 눈으로 히죽 웃더니,

"테츠노부―웃!"

하고 말꼬리에 유난히 힘을 실어 소리치며 한껏 침을 튀긴다. 테츠노부는 질겁했지만, 곧이어 웃음을 터뜨리고 만다.

"쓸데없는 짓 좀 하지 마. 형, 바보야?"

"부—, 부—, 부—."

아키노부는 아예 박자까지 맞춰 가며 소리를 낸다. 그래도 용케 스스로 일어나서 걷고 있다.

"화장실 말고 딴 데서 토하지 마."

형 등에 대고 말하자,

"어."

우렁찬 목소리가 돌아왔다. 하지만 술주정꾼의 우렁찬 목소리는 믿을 게 못 된다는 것을, 테츠노부는 이미 잘 알고 있었다.

형에게 아내가 있었으면, 하는 생각이 드는 건 바로 이럴 때다. 테츠노부가 상상하기에, 세간에서 아내로 불리는 여자들은 이럴 때 대단히 억척스럽게, 그러면서도 자애에 가득 찬 솜씨로 남편을 꾸짖고 달래면서 참을성 있게 돌봐 주고, 옷을 벗기고, 물을 먹이고, 뜨거운 스팀타월로 얼굴을 닦아 줄 것 같다. 남편의 이마에 들러붙은 머리카락을 쓸어 넘기고, 부드러운 목소리로 속삭이듯 설교할는지도 모른다. 이렇게 마시면 몸에 해로워요, 라고. 그리고 다음 날 아침, 마시는 위장약을 가방에 살짝 넣어 주겠지. 테츠노부는 복도에 선 채로 공상에 빠진다.

자기 방에서 나지막이 호통치듯 노래하고 있는 화이트 스네이크의 목소리가 들린다. 내일, 형 가방에 위장약—액상이 제격이겠지만, 사다 놓은 게 없으니 평소 먹던 것으로—을 넣어 줘야지. 화장실로 뛰어드는 아키노부를 보면서 그런 생각을 한다.

형제는 예전에 살았던 집을 또렷이 기억하고 있다. 1층에 거실과 부엌과 아버지의 서재 그리고 자그마한 응접실이 있었다. 응접실 테이블에는 풀을 빳빳이 먹인 테이블센터가 깔려 있고, 그 위에 묵직한 유리 재떨이가 놓여 있었다. 방의 크기는 두 평 남짓했을까. 여름에는 손님이 있든 없든 창이 열려 있었고, 창과 담벼락 사이는 형제 둘이 웅크리고 앉아 숨기에 딱 좋은 넓이였다. 볕이 잘 들지 않는 장소라서 땅이 늘 축축한 데다 쥐며느리가 몇 마리씩 담벼락을 기어 다니기는 했어도.

1층과 2층 사이의 중간층에도 응접실이 있었다. 친척이나 부모님의 친구가 오셨을 때 묵는 방인데, 이곳은 비교적 넓은 편이었으며 복잡한 문양의 카펫이 깔려 있고, TV며 오디오 세트도 놓여 있었다. 형제의 아버지가 살아 있을 무렵, 이 방은 평소 가족의 오락실로도 쓰였다. 저녁 식사 후에 자리를 옮겨 커피를 마시고 TV를 보거나 카드놀이를 하는 방. 2층에는 형제 각자의 방과 부모님의 침실 그리고 창고방이 있었다.

"좋은 집이었지."

형제는 가끔 그리워하며 이야기를 나눈다. 지금 살고 있는 맨션에서 걸어서 10분 정도밖에 안 되는 곳인데, 이미 철거되어 그림자조차도 남아 있지 않은 그 집.

하지만 '좋은 집이었지.'라고 말할 때 형제가 떠올리는 풍경은 각기 다르다. 우선 아키노부의 머릿속에 떠오르는 것은, 복도에 놓인 전화기와 메모첩—볼펜을 세워 꽂기 된—, 어머니가 서서 일하는 부엌, 지붕에 널어 말린 이부자리에서 잠을 자는 감각 그리고 산뜻하게 정돈된 자기 방의 모습 등이다. 한편, 테츠노부의 머릿속에 떠오르는 것은, 창고방의 들보에 붙어 있던 '家內安全(가내안전)'이라는 부적과, 벽돌담의 장식 홈—무언가를 숨길 수도 있고, 담을 타고 오를 때 운동화 코로 딛고 오를 수도 있는 그 장식 홈이 테츠노부에게는 정말 멋져 보였다—, 1층 작은방의 연녹색 선풍기와, 기분 좋게 어질러진 자기 방의 모습 등이다.

여하튼 형제는 그 집에서 태어나 그 집에서 자랐다. 건물은 사라져도 기억은 고스란히 남아, 그곳에서 있었던 일 모두가 두 사람의 오장육부에 스며들어 있다.

저녁 무렵. 형제는 각자 좋아하는 음료를 홀짝이며 카디건스(Cardigans)의 노래를 듣고 있다. 카디건스는 아키노부의 취향이다.

"준비 완료."

테츠노부가 말했다.

"딱히 준비랄 게 뭐 있어. 평소에 깔끔하게 해 놓고 살면 손님이 와도 당황할 일이 없잖아."

아키노부는 형답게 나무랐지만, 토요일인데도 일곱 시부터 일어나서 청소를 시작한 사람은 아키노부였다.

쿠즈하라 선생과 나오미에게 약도를 건네며 저녁 여섯 시에 와 달라고 말해 두었다. '준비' 한 보람이 있어 집 안은 여느 때보다 한층 깨끗하고, 창가에는 왕찌찌네서 사 온 풍경이 매달려 있었다. 직접 만든 요리는 카레뿐이지만, 형제는 낮에 함께 나가 길고 긴 상점가를 산책하며 삶은 풋콩에 어묵, 가지, 옥수수,

치즈, 초콜릿, 과일 등을 잔뜩 사 들고 들어왔다.

"여자들, 잘 먹을 것 같아."

라고, 테츠노부가 말했기 때문이다.

"츠케멘(차가운 면을 소스나 육수에 찍어 먹는 음식)집 아저씨가 그랬어. 요즘엔 남자보다 여자가 더 잘 먹고 잘 마신다고."

장보기를 겸한 한낮의 산책은, 이제 곧 올 손님을 기다리는 마음과 맞물려 절절한 기쁨이 되었다. 두 사람 다 입 밖에 내지는 않았지만, 즐거운 일―오늘 밤의 모임이 그렇게 되리라 가정하고―이란 것을, 그것을 기다리고 있을 때가 가장 즐겁다는 사실을 알고 있었다. 그래서 산책을 충분히 즐겼다.

먼저 도착한 사람은 쿠즈하라 요리코였다. 학교에서는 볼 수 없었던 딱 달라붙는 티셔츠에 청바지 차림으로 와인 병이 튀어나온 꾸러미를 들고 서 있는 모습에, 문을 연 테츠노부는 본의 아니게 가슴이 두근거렸다. 덤으로 좋은 냄새까지 난다.

"안녕하세요?"

요리코가 생긋 웃으며 인사한다.

"좋은 데 사시네요. 길 하나 더 들어왔을 뿐인데, 이렇게 조용하다니."

"예, 어서 들어오세요."

테츠노부가 이렇게 말하고, 안쪽을 향해 외친다.

"형!"

어쩐지 화난 사람처럼 큰소리가 나와 버렸다.

"어서 오세요."

그 말과 함께 얼굴을 내미는 아키노부를 보고, 요리코는 생각했다.

'최악이네.'

어릴 적, 형제는 집에 친구를 데려오는 것을 좋아했다. 보드게임이니 만화책이 한가득인 데다 어머니가 푸짐하게 간식까지 내주었기 때문에, 놀러 온 친구들은 모두 두 사람을 부러워했다. 보물찾기며 높은 술래잡기(보통 술래잡기 규칙에 술래보다 높은 곳은 안전지대가 되는 규칙 하나를 더한 변형 술래잡기)―실내에서 하는 술래잡기 중에서는 그게 제일 재미있었다―를 하며 시간 가는 줄 모르고 놀았다.

평소 바깥 세상에서만 만나던 친구들이 집 안으로 속속 들어왔다. 그 위화감과 행복감에 형제는 어김없이 흥분하고, 도취되었다. 자신들의 집 안에서 보면, 또래 소년들이 갑자기 한 사람 한 사람 독립된, 개인적인 모습으로 보였다. 그리고 "이 만화 빌려 갈게." "또 올게."라는 말을 하면서 돌아가는 친구들을 배웅할 때면, 아키노부와 테츠노부는 흡족한, 뭐라 말할 수 없는 기쁜 감정에 젖어들었다.

그러나 이번에는 상황이 달랐다. 마미야 형제가 주최한 '여름밤의 카레 파티'는 줄곧 어색한 분위기 속에서 진행되었다. 각자 일행을 데려오기로 되어 있던 두 여자가 각기 혼자 몸으로 들이닥친 것부터가 계산 착오였다.

어찌나 배짱들이 좋은지. 아키노부는 감탄하면서도, 역시 움츠러들고 만다. 형제 둘이 사는 집에 여자가 두 사람. 이래서는 아무리 조심스럽게 말해도 데이트 같고, 적나라하게 말하자니 왠지 깊은 사이 같다는 생각이 들었기 때문이다. 그런 생각만으로도 아키노부는 긴장이 되어 음식 맛을 제대로 느끼지 못한다. 게다가 더 불쾌한 것이 있었으니.

"맛있다!" "재밌어!"를 연발하며, 기특하게도 밝은 분위기를 만들려고 애쓰는 나오미에게 "그치, 그치? 맛있지?"라느니, "이건 홋시군. 한신의 호시노 감독이 아니라, 베이스타즈의 마스코트인 홋시군."이라는 말을 해 가며 테츠노부가 찰싹 달라붙어 있는 것이다. 그러다 보니 자연히 아키노부와 쿠즈하라 요리코 둘이 남겨질 수밖에.

쿠즈하라 요리코는 무척 단정한 용모를 지니고 있었다. 청결한 느낌에 말씨도 정중하고, 테츠노부의 말대로 자기 타입이라고 아키노부는 생각했다. 하지만 아까부터 도무지 곁을 주지 않는다.

"음, 저기, 음악 들으실래요?"

허둥댈 때의 버릇으로 앞머리—7대 3 가르마의 7쪽이다—를 손가락으로 가볍게 빗으며 아키노부가 말하면,

"네에, 고맙습니다."

라고 대답했으면서, 아키노부가 바로 일어나 CD 케이스를 가지고 와서,

"어떤 게 좋으세요?"

하고, 긴장감에 지지 않으려 있는 힘을 다해 웃는 얼굴로 물으면, 케이스 안을 보지도 않고,

"아무거나 괜찮아요."

하면서 미소 짓는다. 더구나 미소 짓기가 무섭게 아키노부한테서 눈을 돌려 버린다. 침묵을 견디지 못한 아키노부는 어떻게든 이야기에 활기를 띠우려 노력한다.

"테츠노부가 늘 신세지고 있습니다."

"아뇨, 저야말로."

"아, 카레, 좀 더 드릴까요?"

"아뇨, 괜찮습니다."

일문일답이 따로 없다.

"아, 맥주는?"

"아직 남았어요. 고맙습니다."

그 사이에도 나오미의 '재밌다'와 테츠노부의 '그치, 그치'는 계속되고 있다. 슬며시 그 모습을 엿보니, 나오미는 "이거 뭐예요?"라고 물으면서 대화를 풀어 나가고 있는 눈치다. '이거'란, 벽에 붙여 놓은 쓰레기 버리기 당번표와 세탁 당번표이거나, 어머니가 보내온 흑초 음료이거나, 매년 단옷날마다 형제끼리 키를 재느라 같은 자리에 몇 개씩 자국이 난 문틀 안쪽이었다.

쿠즈하라 요리코도 나오미처럼 뭐든 물어봐 주면 좋을 텐데, 하고 아키노부는 생각했다.

"쿠즈하라 선생, 어때?"

여자 둘이 담배를 피우고 싶다며 나란히 베란다로 나간 틈에 테츠노부가 물었다.

"어떻긴 뭐."

아키노부는 이렇게 말하고, 미지근해진 맥주를 홀짝인다.

"좋은 냄새 나던데. 형도 눈치 챘어?"

그 자리에 쿠즈하라 요리코가 있는 것도 아닌데, 테츠노부는 그녀가 앉아 있던 부근에 얼굴을 들이밀고는 눈을 감고 코로 숨을 들이마셨다. 아키노부는 하도 어이가 없어 목을 움츠린다.

"그보다 넌 나오미랑 꽤 즐거운 것 같더라."

토라진 듯한 목소리가 나왔다.

"무슨 소리. 내 딴엔 생각해서 그러는 건데. 게다가 나오미는 내 타입이 아냐. 아직 젖비린내 나잖아."

예전부터 테츠노부는 여성을 부정적으로 말할 때면 말씨가 거칠어진다. 그 변화가 갑작스러워서 부자연스런 인상을 준다.

학창 시절에 몇 번 경험한 미팅 때의 안 좋은 추억이 형제의 가슴에 동시에 떠올랐다 사라졌다.

변변찮은 여자잖아. 내 쪽에서 사양하겠어. 서로 그런 식으로 거만한 여자들을 지나쳐 보냈다(개중에는 귀여운 아이도 있었지만).

"좋아, 교대하자. 이번엔 형이 나오미랑 이야기해."

가라앉으려는 기분을 새롭게 하려고 밝은 목소리로 말했다.

"됐어, 누구면 어때."

아키노부는 다시 토라졌다.

방충망이 쳐진 창을 등진 자세로 난간에 기대어, 혼마 나오미와 쿠즈하라 요리코는 느긋하게 담배를 피우고 있다.
　"그럼, 남자친구는 있고?"
　연상다운 어조로 묻는 요리코의 말에 나오미가 대답했다.
　"음, 남자친구랄까, 뭐, 그런 것 같긴 해요."
　불과 몇 분 만에 마음을 터놓게 된 모양이다.
　"그렇구나. 난, 네가 저 두 사람 중 누군가의 여자친구인가 싶어 놀랐어."
　"아니에요!"
　무심결에 음성이 커졌다. 내심 꺼림칙했는지 나오미가 다음 말을 덧붙인다.
　"하지만 좋은 사람들이죠, 둘 다."
　"그렇긴 해."
　그다지 흥미 없다는 듯이 요리코는 맞장구를 치고, 하늘을 올려다본다. 집집마다 켜 놓은 불빛과 가로등 덕에 밤하늘이 살짝 밝다.
　"요리코 씨는요? 애인 있으세요?"
　요리코가 잠시 사이를 둔 후 나오미를 보고 미소 짓는다. 담배를 들고 있지 않은 손으로 잘 손질된 머리카락을 쓸어 올린다.

"막다른 사랑이랄까?"

웃음을 머금은 낮은 목소리다.

재떨이 대용인 빈 맥주 캔에 담배꽁초를 집어넣고 두 사람이 실내로 들어오자, 형제가 테이블 위를 치우고 있다. 복잡한 향신료 냄새가 방충창 바깥으로 감돌아 나간다.

"아, 죄송해요. 제가 나를게요."

나오미의 말에 형제는 이구동성으로,

"됐어요, 됐어."

하고, 손을 붙잡으며 말린다. 하는 수 없이 멍하니 서 있는 수밖에 없었다. 말리는데도 부엌에 들어간다는 건, 나오미가 생각하기에 무례한 행동이었다. 그러나 요리코는 겁내지 않고 그릇들을 착착 거둬 간다.

"제가 설거지할게요."

부엌에서 요리코의 말소리가 들린다. 나오미는 작게 한숨을 쉰다. '막다른 사랑'을 하고 있는 여자는 역시 어른이란 생각이 들었다.

"괜찮으니까 앉으세요."

바로 옆에서 나는 소리에 돌아보니, 아키노부가―왜 그런지 수줍은 미소를 띠고―서 있다.

"곧 끝나니까 앉아 있어요."

거듭 말하기에, 시키는 대로 나오미는 그 자리에 털썩 앉았다.

"아, 괜찮으면 이것 좀 골라 줄래요?"

여전히 수줍은, '머뭇머뭇'이라는 표현이 딱 들어맞을 것 같은 목소리와 표정으로 아키노부가 플라스틱 상자 하나를 나오미에게 내밀며 말했다.

"와! 제가 골라도 되나요?"

할 일이 생겨 기쁜 마음에 나오미는 재빨리 CD 물색에 들어갔다.

"지금 커피 타려는데, 설탕이랑 크림은?"

"아, 설탕은 말고 크림만 넣어 주세요."

CD 케이스를 무릎에 올려놓은 채, 서 있는 자신을 올려다보며 대답하는 나오미의 모습이 졸도할 정도로 귀엽다고 아키노부는 생각했다. 자신이 지켜 주지 않으면 부서져 버릴 것만 같았다.

"마지막엔 게임을 했어. 그 사람들, 게임도 엄청나게 많이 갖고 있더라. 케이스도 아주 너덜너덜한 게, 되게 오래 썼구나 하는 생각이 절로 들더라니까."

혼마 나오미는 그렇게 말하고 나서, '계절 주스' 메뉴에 적혀 있던 망고 주스를 스트로로 빨았다. 얼음이 너무 많다는 생각이 든다.

"게임이라니, 어떤 게임?"

딸기 주스를 스트로로 빨며 유미가 묻는다. 여름방학. 자매는 각자 남자친구를 동반하고 카사이 수족관에 가서 하루 종일 놀았다. 지금은 그 하루가 끝나가는 것을 아쉬워하듯 집 근처 패밀리 레스토랑에서 차가운 음료를 마시고 있는 참이다.

"실제로 한 건 다이아몬드 게임. 하지만 그 밖에도 향수를 불러일으킬 만한 게임이 엄청 많았어. 모노폴리라든지 인생 게임, 축구 게임, 탐정 게임 같은 거. 체스랑 스크램블도 있었고, 햐쿠닝잇슈 카루타에 이로하 카루타(일본의 전통 카드놀이)까지 있었다니까."

"이로하 카루타라면, 에도 이로하?"

유미가 앞으로 다가앉는다.

"몰라. 에도 이로하인지, 가미가타 이로하인지. 거기까진 못 봤어."

뭐야, 하며 유미는 다시 등받이에 기댄다.

"그 점이 중요한데."

두 사람의 대화를, 남자 둘은 별 흥미 없다는 듯이 듣고 있다. 스트로를 문 자매의 옆얼굴이 많이 닮았다고 생각하면서.

코타는 이미 나오미한테서 마미야 형제에 대한 이야기를 많이 들어 온 터였다. 나오미 말에 의하면, 형제가 사는 집은 '어쩐지 무척 마음 편하고' '친척집에 놀러 간 듯한 느낌'이라니, 꽤 재미있었던 모양이다.

한편, 유미의 남자친구는 나오미와 코타를 조금 거추장스럽게 여기고 있었다. 수족관은 확실히 재미있었고 점심도 얻어먹었지만, 넷이 몰려다니는 바람에 유미와 키스 한 번 못했다.

"책장이 또 굉장하더라."

나오미는 아직도 형제 이야기를 하고 있다.

"도서관 같았어. 괴도 루팡 시리즈니 도감이니 세계명작 전집들이 가득 꽂혀 있는 거야."

나오미는 오로지 유미를 상대로 이야기하고 있다. 여름방학이 시작되고부터 저마다 아르바이트하랴 데이트하랴 바빠서 좀체 느긋하게 대화할 시간이 없었던 것이다. 마미야 형제의 초대에 대해 성폭행 당할지도 모른다며 뒤숭숭한 소리를 했던 여동생에게 나오미는 어떻게 해서든 정확하게 보고해 두고 싶었다. 그들이 위험하지 않았다는 것, 그뿐 아니라 유쾌하게 대접해 주었다는 것을.

"그래서 학교 선생이란 사람은?"

유미가 묻는다.

"으응, 잘 모르겠어. 그냥 보통 사람이었어."

스스로 생각해도 이상한 답변이었다. 보통 사람이라니.

"이런 자리에서 꼭 문자를 보내야겠어?"

옆에 앉아 휴대전화만 만지작거리고 있는 남자친구에게 유미가 별안간 앙칼지게 쏘아붙인다.

"바보 아니니?"

라고.

"유미!"

그 말투를 나오미가 나무란다. 핀잔을 들은 남자친구는 휴대전화를 주머니에 넣는다. '의외로 순진하네.'라고 생각한 나오미와 달리, 코타는 '이 녀석, 진짜 바보 아냐?'라고 생각했다.

네 사람에게 밤늦은 시간의 패밀리 레스토랑은 친숙한 장소다. 밝은 가게 안과 어두운 창밖의 대조적인 분위기가 안도감을 준다. 가볍게 먹을 수 있는 것에서부터 요리며 안주며 디저트류까지 갖춰져 있고, 음료만 주문해도 오래 앉아 있을 수 있다. 특히 가게가 워낙 넓어서 부스에 앉으면 버튼을 눌러 부르지 않는 이상 점원이 오지 않는다. 네 사람은 그 점도 마음에 들었다.

고등학생 둘은 볕에 그을려 있었다. 유미는 발갛게, 남자친구는 까무잡잡하게. 지난주에 둘이서 바다에 다녀왔기 때문이다. 물론 부모님께는 여자친구들끼리 간다고 거짓말하고서.

그런 식으로 여름을 만끽하고 있는 여동생을, 나오미는 부럽게 여기고 있었다. 그리고 조금은 걱정스럽게.

"이번엔 불꽃놀이야."

크로스워드 퍼즐을 풀면서 형제는 이야기를 나눈다. 카레 파티는 아키노부가 생각하기엔 작은 성공, 테츠노부가 생각하기엔 대성공이었다. 둘 다 한창 파티 중에는 긴장되고 곤혹스럽기도 했지만, 끝나고 보니 '집 안에 여자가 있으니까 화사해서 좋네.'라는 감상이 일었다. "집이 다 환해지더라." "활기가 느껴진달까?" "응, 맞아." "좌우지간 좋았어." 이런 대화가 오갔다.

그것이 결론이었다. 형제는 공통의 경험에 관해 이야기하고 결론 내리길 좋아한다. 그렇게 해야 직성이 풀린다고 해도 과언이 아니다.

"재밌어라. 여동생한테도 보여 주고 싶어요."

좋아하는 야구 팀 선수 사진이 들어간 트레이닝 카드라든지, 콜라에 끼워 파는 것을 테츠노부가 모아서 장식해 놓은 펩시맨 피규어—여자한테 걷어차이질 않나, 개한테 엉덩이를 물리질 않나, 여하튼 얼간이다운 면모를 유감없이 발휘한 펩시맨 시리즈로서, 아키노부도 테츠노부도 마음에 들어 하고 있다—같은 것을 볼 때마다 나오미는 그렇게 소리를 높였다.

"그럼, 다음엔 여동생도 꼭 데려와요."

"그러면 되겠네."

아키노부의 말에 테츠노부도 맞장구쳤다.

"쿠즈하라 선생님은 형제가?"

테츠노부의 질문에 쿠즈하라 요리코는,

"오빠가 한 명 있어요."

라고 대답했다.

"오빠 분도 괜찮으시면 꼭."

나중에 테츠노부한테 뭐 하러 남자까지 부르냐며 볼멘소리를 듣긴 했지만, 아키노부로서는 그렇게 말할 수밖에 없었다. 무엇보다 여자만 부른다는 것이 볼썽사납게 느껴졌던 것이다.

"아까 요리코 씨랑 베란다에서 담배 피울 때 보니까, 아래 골목에서 아이들이 불꽃놀이를 하던데요."

나오미가 말했다. 그녀가 쿠즈하라 요리코를 '요리코 씨'라고 부른 데 대해, 아키노부와 테츠노부는 당황했다. 마음속으로 동시에.

"연기며 화약 냄새며, 옛날 생각이 났어요."

이렇게 해서 다음번에는 불꽃놀이를 하자는 이야기가 나온 것이다.

"나오미 여동생, 귀여울까?"

볼펜을 손에 쥐고 퍼즐을 풀면서 테츠노부가 말했다.

"글쎄다."

여자가 집에 놀러 왔다는 이상 사태의 여운이, 그로부터 일주일이 지난 지금까지도 형제에게 남아 있었다. 둘은 계속해서 그날 일을 화제에 올리고, 결론도 이끌어 내고, 한층 조급한 마음으로 다음번을 기대하고 있다. 그러나 아키노부는 그럴수록 말투가 무뚝뚝해진다. 이런 일로 들뜨는 것이 과연 옳은 일일까 하는 생각이 든다. 더구나 기대했다가 실현되지 않으면 실망만 더 커질 뿐이다.

"그전에 시즈오카가 있잖아."

그래서 그렇게 말했다. 동생에게 좀 더 현실적인 일정을 상기시킨 것이다.

"시즈오카!"

테츠노부가 눈을 반짝였다. 형제는 여행을 그다지 많이 하지는 않지만 좋아한다. 신칸센을 타는 것만으로도 신이 난다. 푸른 차밭을 보는 것도, 미호의 바닷가에 펼쳐진 소나무 숲을 거니는 것도.

"선물, 뭐가 좋을지 여쭤봐야지."

형제는 어머니를 뵈러 시즈오카를 방문할 때마다 선물을 가져간다. 도쿄에서 오래 산 어머니는 태어난 고향에서의 생활을 나름대로 즐기고 있는 모양이지만, 따로 필요한 것이 있는지 물으면, 잠시 생각 좀 해보겠다고 하고 나서 다음번 전화 통화 때 열에서 열댓 개 정도의 품목을 열거한다. 그것도 무척 상세한 지시와 조건을 붙이기 때문에 일일이 사 모으는 데도 엄청난 품이 든다. 예를 들면, 신주쿠 타카시마야 백화점에서 수요일에만 파는 화과자라든지, 긴자의 큐쿄도에서 파는 '내가 늘 사용하던 편지지'라든지, 지유가오카에서 파는 브루통인가 하는 구운 과자를 '당일 아침'에 사 오라든지 하는 식으로.

어머니는 인터넷에서 정보를 얻기 때문에, 여기저기 정통 요릿집의 요일별 메뉴까지 꿰고 있다.

과자며 옷가지를 산더미처럼 안고, 형제는 여름이건 겨울이건 산타클로스 같은 모양새로 어머니를 방문한다.

부지런히 엽서를 써 보내는 것은 여자의 또 다른 즐거움이라고 쿠즈하라 요리코는 생각한다. 그래서 마미야 형제에게도 바로 엽서를 썼다. 붓펜으로, 펜글씨 검정 1급에 서예 2단의 실력을 발휘하여.

내용은 담백했다. '지난번에는 감사했습니다. 무척 즐거운 시간이었습니다.'로 시작하여, '테츠노부 씨의 훌륭한 요리 솜씨에는 새삼 놀랐습니다. 나오미 양은 귀여운 사람이더군요.' 라고 덧붙이고, '학교에서 다시 뵙겠습니다. 무더위에 모쪼록 건강하게 지내시길 바랍니다.' 로 끝을 맺었다.

 뭐 이런 걸까. 다시 읽으며 요리코는 생각했다.

 그날 밤의 일은, 요리코 안에서 좀처럼 제 위치를 잡지 못한 채, '이상한 추억' 과도 같은 느낌으로 남아 있다. 마미야 테츠노부의 '형' 은 테츠노부보다 한술 더 떠 '촌스럽다' 고 요리코는 생각했다. 어쩐지 입매가 야무지질 못하고, 아무리 봐도 정장용인 흰색 와이셔츠를 치노팬츠에 맞춰 입는 패션 감각도 이상했다. 게다가 가뜩이나 가는 허리를 벨트로 졸라맨 탓에, 축 늘어진 벨트 끝자락이 20센티미터 이상 남아돌았다. 심약해 보이는 인상에 말끝도 분명치 않아서, 매사 분명한 것을 좋아하는 요리코에게는 아키노부의 그런 태도가 답답하고 짜증 났다. 만약 좀 더 친한 사이였다면, 똑바로 좀 하라고 등짝이라도 한 대 치고 싶어질 정도였다.

 현관에 들어서서 그들 두 사람의 얼굴을 보았을 때는 솔직히 실망스러웠고, 일찍 돌아가자는 생각도 했다. 그럼에도 불구하고, 끝나고 나자 어쩐지 즐거웠다는 생각이 들었다. 어린아이가 된 것 같은 시간이었다. 테이블에 늘어놓은 삶은 풋콩이며 어묵, 가지에 옥수수. 아마도 근처에서 사 온 그대로 접시에 올렸을 것이라 짐작되는 그 먹을거리들은 식욕을 돋운다기보다 오히려 만족시켰다. 보는 것만으로도 마음이 즐거워지는 음식들이었다. 에어컨을 틀어 놓은 채 방충망 너머로 바람이 들어오게 하는 점도 자원을 절약해야 한다고 생각하는 요리코의 사고방식과 맞지 않았고, 그야말로 홀아비 냄새 풀풀 나는 사고의 단면이라는 생각도 들었지만, 그래도 가끔 울리는 풍경 소리가 듣기 좋았다. 창문으로 들어오는 여린 바람은 주택가의 냄새였다. 생활의 냄새. 오랜만에 맡아 보는 것 같은 기분이 들었다.

최종 마무리는 게임이었다. 게임. 나이도 먹을 만큼 먹은 어른들이 다이아몬드 게임이라니! 그 생각이 나자 요리코의 얼굴에 저절로 미소가 떠올랐다. 빨강, 초록, 노랑. 이쪽 진지에서 저쪽 진지로 한 칸씩 건너뛰며 그저 전진해 나가기만 하는 단순한 게임.

게임을 하면서 형제는 잘 웃고 잘 떠들었다(테츠노부는 웃을 때 잇새에 잔뜩 낀 옥수수 찌꺼기가 보여, 아키노부에게 이 닦고 오라는 주의를 들었다). 나오미도 잘 웃었다. 그러고 보니 자신만 별로 웃지 않았던 것 같다.

즐거웠다. 그랬던 것 같다. 그 방 안은 바깥과 완전히 별개의 장소가 되어 있었다. 그때 그 자리에만 홀연히 출현한 장소라고 할까.

　게다가. 엽서에 우표를 붙이고 요리코는 생각한다. 게다가, 그날 밤을 경계로 결심이 섰다. 물론 그건 마미야 형제나 나오미와는 관계없는, 요리코 자신의 사생활 문제다.

　여름방학을 계기로 불륜 상대와 헤어지리라 결심했다. 헤어져 주자, 라고.

　좋은 목소리를 지닌 남자였다. 수업 시간 외에도 적극적으로 아이들과 유대를 도모하려는 자연스럽고 성실한 자세에도 마음이 끌렸다. 농구 골대에 골 넣는 솜씨도 수준급인 그는 네다섯 명의 아이들을 이끌고 자주 교정에 나가 놀았다.

　좋은 목소리였다. 몇 번이고 요리코는 그렇게 생각했다. 낮고 차분하게 울리는, 힘 있고 섹시한 음성. 그는 물론 요리코를 '쿠즈하라 선생'이라고 부르지만, 단둘이 있을 때는 '요리쨩'이라고 불렀다. 요리쨩. 힘 있는 목소리로 그렇게 불러 주면, 그것만으로도 온몸의 힘이 빠져나가는 것을 느꼈다.

　요리코는 교사로서의 그가 아닌, 한 남성으로서의 그를 만난 것이다. 마미야 테츠노부도 그를 알고 있다. 설마 두 사람이 그런 관계일 줄은 생각도 못하겠지.

제자리로 돌아가자.

요리코는 그렇게 생각했다. 꽤 먼 곳까지 와 버린 기분이지만, 사물이든 사람이든 본래 있어야 할 장소가 있다. 본래 있어야 할 장소, 그리고 본래 있어야 할 모습이.

요리코는 눈을 깜박였다. 울고 싶은 건지 웃고 싶은 건지 알 수 없었기에.

그날 들었던, 아스라한 풍경 소리를 떠올린다.

아키노부는 침울해 있다. 어째서 침울하냐면 이제까지 '마음의 연인'이었던 나오미가 갑자기 현실 속 친구가 되어 버렸기 때문이다. 다시 놀러올 약속을 했고, 휴대전화 번호까지 알려주었다. 이것만으로도 이미 훌륭한 친구라고 할 수 있으리라.

파티션으로 가려진 회색 책상들이 늘어선 살풍경한 사무실에서, 아키노부는 그렇게 생각한다. 서류 업무―가불 상태였던 경비 정산에 지나지 않는다―를 마무리하며, 애용하는 무릎덮개―사무실 안은 냉방이 지나치게 잘 되어 있다고 아키노부는 생각한다―아래에서 다리를 꿈지럭거린다. 창밖은 보는 것만으로도 더위가 느껴진다. 건너편 빌딩 유리창에 한여름 햇살이 반사되고 있다.

아키노부에게는 현실의 친구보다 마음의 연인 쪽이 훨씬 친밀하고 특별했다. 소중하고 사랑스러운 존재.

그녀는 이미 '비디오 대여점의 나오미'가 아니라, '혼마 나오미'라는 한 인간으로서 존재해 버렸다. 부모님과 여동생을 포함한 네 식구가 한집에 살며, 현재 대학 3학년. 아키노부는 한숨을 내쉰다. 이제까지 현실 속 인간과의 사이에서 사랑이 이루어진 예가 없었던 것이다.

초등학생 무렵부터 일관되게 짝사랑만 해왔다. 상대의 이름을 지금도 나열할 수 있다. 어떤 애였는지 얼굴은 잘 기억나지 않아도, 이런저런 씁쓸한 경험들만큼은 잊혀지지 않는다. 한 예로, 복도에 붙여 놓은 학교행사 사진들 중에서 원하는 사진의 번호를 종이에 적어 신청하게 했는데, 아키노부는 자신이 좋아하는 아이의 사진을 한 장 사려고 했다. 갖고 싶었던 것이다. 그저 곁에 두고 바라보고 싶었다. 그런데 어떻게 알려졌는지, 아키노부가 본인이 찍히지도 않은 사진을 사려고 했다는 소문이 순식간에 아이들 사이에 퍼져, 사진의 주인공에게 항의를 받았다. 거센 항의였다. 그 아이는 결국 울음을 터뜨렸고, 주위 여자애들은 동정했다. 정작 울고 싶은 쪽은 아키노부였는데.

지금도 기억하고 있다. 사랑이라고도 할 수 없는 어린 호의가 심하게 거부당했던 수많은 경험들.

중학교 때도 비슷했다. 다만, 이 무렵 아키노부는 좋아하는 아이를 '마음의 연인'으로 삼는 방법을 찾아냈다. 마음속으로만 사랑하고 사랑받는 것이다. 아무에게도 알리지 않으면, 어느 누구에게도 부정당하지 않는다. 예의 바르게 굴면 싫어하는 일도 없다.

그런 점에서 아키노부는 테츠노부가 무모하다고 생각한다. 부딪쳐 깨지는 일의 연속이다(그러고 신칸센을 보러 간다). 질리는 기색도 없다. 막다른 지경에 몰리면 몰릴수록 맞서 나간다. 뭐, 그것이 동생 나름의 방식이겠지. 아키노부는 그렇게도 생각해 본다.

고교 시절, 아키노부는 동갑내기 여자아이와 2년간 펜팔을 한 적이 있다. 잡지에 실린 펜팔 친구 모집 난에서 찾았다. '여성과의 교제'라는 의미에서는 그때가 가장 깊은 만남이었다고 아키노부는 생각한다. 아무튼 그녀는 부지런히 편지를 써 보냈고, 한 번도 본 적 없는 사람에게 그런 이야기를 써도 괜찮은지 아키노부가 되레 걱정할 만큼, 온갖 개인적인 일—앞으로 간호사가 되어 결혼하고 아이를 낳고 싶다든지, 어제 엄마와 다퉜다든지,

체육 선생님을 좋아해서 밸런타인데이에 초콜릿을 드렸다든지, 새로 산 립글로스는 체리 맛이라든지—을, 분홍이나 녹색 펜으로 자세하게 빽빽이 적어 보내곤 했다. 아키노부도 착실하게 답장을 썼다. 장차 변호사가 되고 싶고, 좋아하는 타입은 건강한 여자이며, 좋아하는 야구선수는 야시키와 엔도라는 이야기도 썼다. 역사를 좋아하고, 화학을 잘 못한다는 것까지. 그래도 아키노부의 편지가 늘 짧았다. 그건 그녀의 마음이 더 강하기 때문이라고 아키노부는 생각했다. 열의의 발로라고 여긴 것이다.

이제 와 돌이켜보면, 그렇지 않았다는 것을 아키노부도 안다. 결국 쌍방이 '마음의 연인'이었던 셈이고, 마음의 연인이라면 자신은 잘해 나갈 수 있을 것 같았다.

실제로, 그 펜팔 상대가 도쿄의 전문대학—간호사가 되기 위한 학교는 아니었다—에 입학하게 되어, 고향인 돗토리에서 올라오자마자 둘은 곧 만났지만, 다시 만나는 일은 없었다. 편지도 그날 이후 오지 않았다.

아키노부는 다시 한숨을 쉰다. 혼마 나오미가 현실의 친구로 존재해 버린 이상, 마음속 연인으로서의 나오미는 사라진 것이나 다름없었다.

"무슨 한숨을 그렇게 쉬어?"

말소리에 돌아보니 오오가키 겐타가 서 있었다.

"영수증 모자라면 두세 장 돌려줄게."

목소리를 낮추는 기색도 없이 말했다. 오오가키 겐타는 언제나 그렇다. 늘 당당하고 흔들림이 없다. 몸매도 탄탄한 데다 자세도 바르다.

"괜찮습니다. 이번 달에는 별로 돈을 쓴 데가 없어서요."

"좀 써."

말 떨어지기 무섭게 되받아친다.

"패기가 없단 말이다, 너는."

"오오가키 씨는 패기가 지나치시죠."

아키노부도 응수한다. 남녀를 불문하고 회사 사람 모두에게 호감을 사고, 개발부 안에서도 일 잘하는 사람이라고 소문 난 오오가키 겐타가, 이렇게 특별한 용건도 없이 자기 부서에 얼굴을 내밀고 실없이 농을 걸어 주는 것이 아키노부는 기쁘다. 같은 부서 사람들과 거의 말을 않고 지내는 탓에 자리 주변에 늘 음울한 기운이 감돌기 때문이다. 오오가키 겐타는 그 자리에 일종의 환기를 시켜 준다.

"내일부터 휴가지? 다음 주쯤, 한잔하러 가자고."

그렇게 말하고 한 손을 들었다.

"저는 언제든 괜찮습니다."
아키노부가 대답했다.
"알고 있어. 가능하면 월요일, 그렇지?"
월요일은 프로 야구 경기가 없는 날이다.

테츠노부는 저녁 무렵의 상점가를 걷고 있다. '이 상점가의 이 가게에서'가 아니면 안 된다고 어머니가 믿고 있는 품목 몇 가지―찐 어묵, 튀김 어묵, 간장 발라 구운 과자, 말린 사과 과자―를 사기 위해서다. 내일 있을 시즈오카행 채비로, 형제는 요 며칠 열과 성의를 다해 어머니가 지정한 선물을 사 모았다. 신주쿠 타카시마야 백화점 지하 식초 전문점에서 파는 석류식초와 산타마리아 노벨라(르네상스 시대 방식으로 화장품과 목욕용품을 조제하는 이탈리아 브랜드)의 우유비누 그리고 집 근처 상점가에서 식료품을 구입하는 것이 오늘 테츠노부가 맡은 일이었다.

"테츠노부, 오늘은 일찍이네?"
"오늘 반찬은 뭘로 할 거야?"
상점가를 걷노라면 여기저기서 말을 건넨다. 여기는 그런 장소다. 수선집, 우유 가게, 막과자집, 게다가 멋진 채소 가게. 어째서 멋지냐면, 아예 상자째 길에 늘어놓고 어마어마하게 많은 신선한 채소를 팔고 있기 때문이다. 잎사귀가 잔뜩 달린 순무라든지, 흙투성이 그대로 산처럼 쌓여 있는 우엉이라든지. 언제 봐도 풍성한 채소들로 넘쳐나고 있어서, 형제는 어릴 적 '팔다 남은 건 대체 어떻게 할까'에 관해서도 이야기하곤 했다.

추억 어린 프라모델 가게, 향긋한 냄새가 풍겨 나오는 찻집 그리고 테츠노부가 은근히 동경하는 셀프 빨래방. 학창 시절, 세탁기가 없는 공동주택에 살던 친구들은 대개 셀프 빨래방을 이용했다. 테츠노부도 그 친구들을 따라 몇 번 가 본 적이 있는데, 어느 거리의 빨래방이든 깊은 정취가 깃들어 있었다. 벽이며 바닥 할 것 없이 이용자의 고독과 피폐와 긍지와 자의식이 배어 있는 것 같았다.

"상점가에 있으니까, 그렇게 가고 싶으면 가면 되잖아."

아키노부는 그렇게 말하지만, 세탁기에 건조기까지 완비된 맨션에 살고 있는 자신이야 그런 곳에 간들 아무 의미가 없다는 것이 테츠노부의 생각이었다. 그런 장소를 제대로 이용하는 건, 좀 더 기골 있는 녀석의 특권인 것처럼 느껴졌다.

매미가 운다. 저녁 나절인데도 하늘은 아직 푸르고 여름 냄새가 난다. 이 상점가의 셀프 빨래방은 생긴 지 오래됐다. 간판에

'여러분의 세탁장. 100엔으로 말끔하게 세탁해 드립니다'라고 적혀 있다(뒷면에는 '여러분의 건조장. 100엔으로 산뜻하게 건조해 드립니다'라고 적혀 있다). 양손에 든 비닐봉지가 테츠노부의 걸음에 맞춰 바스락바스락 소리를 낸다.

오늘, 학교에서는 에어컨 필터를 청소했다. 어제도, 지난주 금요일에도. 그에 앞서 형광등과 전구, 수은등을 바꿔 달았다. 일에는 끝이 없다. 학교 직원의 직속 상사는 교감인데, 테츠노부가 근무하는 학교의 교감은 사람은 좋은데 활동력이 없다. 뭐든 적당한 게 좋다고 여기는 듯한 교감과, 매사에 철저한 테츠노부는 종종 의견이 맞지 않는다.

그래도. 긴 상점가를 걸으며 테츠노부는 생각한다. 그래도 자신은 초등학교라는 장소가 좋다. 개인적으로 비참한 추억이 많은 초등학교 시절이었음에도 불구하고.

오늘은 수영 수업이 있는 날이었기 때문에, 교정에 나가자 아이들의 새된 목소리며 물보라 튀는 소리, 교사의 목소리와 귀에 거슬리는 호루라기 소리가 들렸다. 저 아이들 하나하나가 각기 다른 집에서 나고 자라, 각기 다른 운명을 지니고 있다고 생각하니, 테츠노부는 새삼 감개무량해진다. 적어도 학교 안에서는 저 아이들의 안전을 자신이 확보하고 있다고 생각한다.

다음 날도 쾌청했다. 형제는 일찍 일어나 문단속을 하고 집을 나섰다. 신칸센 안에서 찐만두 도시락을 먹기로 했기 때문에 아침밥은 걸렀다. 커피우유만이라도 마시고 가자는 테츠노부의 말에 아키노부는 참으라고 했다. 셔터가 내려진 상점가를 지나 신칸센 선로를 따라 걸어서 JR역으로 향한다. 오전 여덟 시인데 벌써 햇볕이 내리쬐고 있다.

평소 형제가 이용하는 사철역보다 이 JR역 쪽이 멀다. 더구나 살풍경한 길이라서 걸어도 그다지 즐겁지 않다.

"노래 부를까?"

아키노부가 제안했다. 즐겁지 않은 길을 걸을 때면 형제는 으레 노래를 부른다.

"응. 뭐로 하지?"

둘이서 부르는 거라 선곡하기가 어렵다. 아키노부가 자신 있어 하는 카펜터스나 이시노 마코(일찍이 팬클럽에도 가입한 터라, 아키노부는 이시노 마코의 노래라면 전곡을 소화할 수 있다)의 노래는 테츠노부가 못 부르고, 테츠노부가 자신 있어 하는 딥퍼플(주특기는 악기 소리를 흉내 내는 것이라서 가사는 후렴구밖에 모른다)이나 데몬 코쿠레(테츠노부는 일찍이 데몬 코쿠레가 보컬로 있는 세이키마츠II 팬클럽에 가입했다. 부모님과 살던 옛집의 자기 방에는, 어머니 왈 '그로테스크한' 그들의 커다란 포스터가 침대 바로 위 천장에 붙어 있었다)의 노래는 아키노부가 따라 부르지 못한다.

"『다이너마이트가 150톤』 어때?"

"응, 좋아."

그래서 대충 그렇게 좁혀진다. 둘이 나란히 부를 수 있는 건, 어찌된 셈인지 옛날 노래들이다. 고바야시 아키라라든지, 이시하라 유지로(가수 겸 배우. 50~70년대 일본 영화계를 대표하는 스타_옮긴이)가 부른 노래들. 어쩌면 아버지를 따라다니며 보았던, 남성미 물씬 풍기는 매혹적인 영화의 영향인지도 모른다.

『다이너마이트가 150톤』과 『치자나무 꽃』, 거기에 『녹슨 나이프』까지 불렀을 즈음, 사람의 왕래가 잦은 길로 나왔다. 형제는 조심스럽게 입을 다물고, 그러나 노래하기 전보다 확실히 밝은 기분으로 개찰구를 향해 걸음을 재촉한다.

전철을 타면 10여 분 만에 도쿄 역에 도착한다. 형제는 자신들이 사는 지역의 편리함에 늘 감사하고 있다. 도쿄 역까지만 오면, 신칸센으로 전국 어디든 갈 수 있는 것이다.

아버지 다쓰오가 살아 있을 무렵에는 가족끼리 여기저기 여행을 많이 다녔다. 하코다테에서 가고시마까지. 매사에 꼼꼼했던 다츠오는 사전 조사를 확실히 마치고, 이 가게에서는 이 음식이 맛있을 것 같다든지, 여기서 바라보는 밤풍경이 좋다든지 하면서 기쁜 마음으로 식구들을 에스코트했다.

어릴 때처럼 신이 나서 떠들어 대지는 않지만, 형제는 지금도 신칸센의 플랫폼에 오르는 순간 가슴이 뛴다. 오늘처럼 곱게 갠 날은 특히 더하다. 아키노부는 회사 일로 출장을 갈 때조차 그랬다.

찐만두 도시락과 맥주, 녹차까지 사들고 기차에 올라탔다. 선물은 전부 선반에 올려놓았다.

"이 창가 자리가 좋다니까. 물건을 놓을 수 있거든."

테츠노부가 말했다. 시즈오카까지 고작 한 시간 반밖에 걸리지 않는 것이 아쉬울 따름이다. 쿠즈하라 요리코도 나오미도 다 잊은 채 형제는 똑같은 생각을 하고 있었다.

행위 후, 혼마 나오미는 부랴부랴 속옷을 챙겨 입는다. 실오라기 하나 걸치지 않은 모습 그대로 침대에서 뭉그적거리며 담배를 피우고 냉장고에서 꺼낸 포카리스웨트도 마시고 TV며 라디오를 틀어 보기도 하는 코타로서는 도저히 따라갈 수 없는 부분이다.

속옷을 걸친 나오미는 도로 침대에 들어가지만, 할 일이 없다. 내심 코타도 얼른 옷을 입고 여길 나가면 좋으련만, 하고 생각한다. 이곳은 에어컨 바람이 너무 세서 춥고, 그렇다고 에어컨을 끄면 금세 더워지고 만다.

호텔에 오는 건 주로 월요일이나 수요일이나 금요일 중 늦은 오후. 그 이외의 날은 나오미의 아르바이트가 있고, 데이트용으로 나오미가 비워 두고 있는 월, 수, 금조차 밤에는 코타의 아르바이트며 자기네 남자들만의 모임이 있다.

"하하하하."

TV를 보던 코타가 얼빠진 웃음소리를 냈다. 벌거벗은 채 베개에 등을 기대고, 한 손에 리모컨을 들고서.

잔뜩 헝클어진 머리카락은 새까맣고 억세다. 나오미는 거기에 손을 대 보고 싶어졌다. 남자의 머리카락이란 생각이 든다.

"저기, 아직 시간 좀 있지?"

코타의 팔에 뺨을 대며 말해 본다.

"밖에 나가서 산책하자. 요요기 공원까지 걸어서."

작년 여름, 두 사람은 요요기 공원을 원 없이 걸었다. 호텔을 나오고도 서로 헤어지고 싶지 않아서 손을 잡고 그저 걸었다. 더운 것도, 모기에 물리는 것도 신경 쓰이지 않았다.

"멀어."

코타는 이렇게 말하며, 나오미의 머리를 끌어당겨 안는다.

"그보다 이거나 하자고."

TV를 끄고 리모컨을 멀리 치웠다. 시트로 기어 들어가 나오미의 허벅지 안쪽에 입술을 댄다. 입술을 댄 채, 손가락으로 팬티를 끌어내리려 한다.

 엉겁결에 작은 소리를 흘리고, 나오미는 누운 자세 그대로 한쪽 무릎을 세운다. 천천히. 코타가 자신에게 해 주는 일, 해 주는 말을 모두 받아들인다. 나오미는 그렇게 마음먹고 있다.

 30분 후에 호텔을 나왔다. 배고프다는 코타를 다라 역 근처 프레시니스 버거에 들어갔다.

 나오미에게 코타는 첫 보이프렌드였다. 육체관계를 갖게 된 지 일 년 남짓. 같은 대학에 다니는 친구로서 다른 친구들과 섞여 노는 동안에도 늘 바래다주게 되었고, 수업이나 아르바이트 일정도 서로 파악하고 있어서 무슨 일이 생기면 전화로 가장 먼저 알리는 사이가 되었다. 첫 키스는 술자리 끝에서였다. 집 앞에 도착하자 등 뒤에서 코타가 끌어안았다. 그리고 첫 섹스는 코타의 방에서였다. 작년 여름방학 때였는데, 코타의 부모님은 가끔 집을 비우셨다.

"흔해빠진 코스네."

 동생 유미는 그렇게 말했지만, 그 흔해빠진 코스 하나하나가 나오미에게는 더할 나위 없이 소중했다.

"합숙, 언제부터랬지?"

 진저엘을 스트로로 빨고, 유리창 너머 햇살이 퍼지는 바깥을 쳐다보며 나오미가 물었다.

"14일."

흐음, 하고 대답했다. 코타에 대해 불만이 있다면, 그가 너무 바빠서 같이 있을 시간이 많지 않다는 점이었다. 고교생인 유미 쪽이······. 얼음만 남은 진저엘을 뽀르륵 소리를 내며 마지막까지 빨아 마시고, 나오미는 생각한다. 유미 쪽이 오히려 우리보다 빈번히 대담한 데이트를 하고 있을 것이다. 아마도.

툇마루에 면한 넓은 다다미방에서 잘 닦여진 다다미의 상쾌한 냄새가 감돈다. 반으로 접은 방석을 베개 삼아 아키노부와 테츠노부는 길게 누워 있다. 머리맡에 놓인 옻칠 쟁반에는 물방울 맺힌 엽차 잔이 놓여 있다.

"우리 자신에게 내려다보이는 기분도 묘하구나."

차분한 어조로 아키노부가 말하자,

"응. 느낌이 좀 이상해도 싫지는 않아. 다른 사람한테는 보이고 싶지 않지만 말이야."

라고 테츠노부가 대답했다.

상인방에는 매년 연말에 사진관에서 찍은 형제의 사진이 액자에 끼워져 걸려 있다. 고른 간격을 두고 빙 둘러. 사진관 아저씨가 시키는 대로, 의자에 앉거나 벽에 기대거나 한 사람이 다른 한 사람의 어깨에 손을 얹는 따위의 포즈를 취하고 있다.

부엌에서는 어머니 쥰코가 점심을 준비하고 있다. 말린 표고버섯을 물에 불려 익힌 진한 향이 나는 걸로 보아, 아마도 냉동 건조 두부를 얹은 소면이리라. 오후에는 둘이서 해안에 나가기로 했다. 저녁에는 정원에 물을 뿌리고, 밤에는 친척들이 모일 예정이니 떠들썩한 연회가 될 것이다. 이 집에서 보내는 늘 똑같은 여름휴가.

형제를 아연하게 만든 사건 한 가지. 시즈오카 역에 마중 나온 쥰코가 커다란 차에 타고 있었다.

"중고야, 중고. 차가 없으면 불편하잖니."

햇볕 아래 조는 듯이 주차되어 있던 그것은, 쥰코의 말대로 주행거리 10만 킬로미터의 고물이기는 했지만 롤스로이스였다.

"면허는 언제 땄어요?"

테츠노부가 눈을 동그랗게 뜨며 물었다. 돌아가신 아버지를 비롯하여 마미야 가에는 이제껏 차를 운전할 수 있는 사람이 없었다.

"5월쯤이었나?"

키를 꽂으며 대답한 쥰코는, 보닛을 가리키며 작은 소리로 덧붙였다.

"저 인형이 마음에 들었거든."

"엄마 그만둬요, 운전은 위험해. 나, 타기 싫어. 거짓말이죠?"

아키노부는 노기 띤 목소리를 냈으나 종국에는 애원조가 되었다. 그러나 테츠노부와 어머니 모두 아키노부의 말을 듣고 있지 않았다. 트렁크를 열고 머리를 맞대며 짐을 싣는 두 사람.

"차가 있으면, 할머니께 슌푸 공원의 벚꽃을 보여 드릴 수 있겠다 싶어서 말이야."

"응, 좋네."

"올해는 때를 놓쳤지만, 동기라고 하면 뭐 그게 동기였던 셈이지."

"응."

"가면허 시험이라고 있잖니? 그것도 수월하게 통과하고. 왜 여태 안 따고 있었는지 이상할 정도라니까."

텅. 큰 소리를 내며 쥰코가 트렁크를 닫고, 두 사람이 각기 운전석과 조수석에 올라탈 때까지도 아키노부는 여전히 꼼짝 않고 길바닥에 서 있었다.

어머니는 생기 있어 보였다. 차가 있으니 정말로 편리하다고 했다. 지난달에는 가케가와에서 열린 도자기 전시 판매전에도 다녀올 수 있었다고.

"그런데 말이야."

미지근해진 방석을 뒤집으며 아키노부가 말했다.

"사고는 일단 일어나면 돌이킬 수가 없어. 아버지가 살아 계셨으면 틀림없이 반대하셨을 것 같은데."

"응."

테츠노부도 대답했다. 하지만 그다지 걱정하는 기색은 아니다. 아키노부는 혀를 찼다.

"듣고 있는 거야?"

어머니는 무척 순조롭게 운전했다. 내장은 체리 레드에, 프런트 부분이 나무 패널인 중고 롤스로이스. 형제는 그것을 타고 이 집에 도착하여 할머니가 누워 계신 방에 가서 인사하고, 아버지의 위패에 합장한 후, 지금 여기 누워 뒹굴뒹굴하고 있다.

"옛날엔 이 집, 모기향 피웠었는데."

별안간 몸을 일으키며 테츠노부가 말했다. 무슨 말인가 싶어 아키노부는 테츠노부를 쳐다본다. 이 집뿐만 아니라 도쿄의 집에도 물론 옛날에는 모기향을 피웠다.

"변화는 어쩔 수 없구나, 하는 생각이 들어서 말이야."

다다미방 한구석의 전자 모기매트―작은 녹색 램프가 깜빡거리고 있다—를 흘끗 보며 테츠노부가 말했다.

시즈오카의 바다는, 다른 해수욕장에 비하면 한여름에도 평온하고 품위가 있다. 형제는 그렇게 생각한다. 수수하지만 풍정이 어려 있다고.
도쿄를 벗어나서 살아 본 적이 없는 그들이지만, 어릴 때부터 매년 거르지 않고 찾는 이곳, 할머니며 친척들이 살고 있는 이 땅을 제2의 고향처럼 여기고 있다. 친근하고 그리운 곳으로.
"여기서 스모 했었지?"
따끈따끈해진 모래사장을 걸으며 아키노부가 말했다.
"응. 프로 레슬링 놀이도 했잖아."
"하기 싫었지만."
"응. 싫었어."
제2의 고향처럼 그리운 시즈오카지만, 원래 고향인 도쿄에서와 마찬가지로 여기도 형제에게는 괴로운 추억이 많다.
"나이도 우리보다 어린데 힘이 셌어, 모두."
"발도 빨랐지."
난폭한 아이도 있었다. 입이 험한 아이도.
"조숙했던 걸까? 이 동네 애들 말이야."

"그런 건 아닐걸."

두 사람은 형형색색의 수영복이며 파라솔, 선탠오일 향 따위에서 가능한 한 먼 곳을 골라 걷고 있다. 파란 하늘이다. 닦아도, 닦아도 연신 땀이 난다.

"그래도 다행이야. 우리는 이제 두 번 다시 스모를 하지 않아도 되니까."

와이셔츠 깃을 젖히고, 볕에 그을린 아이들을 곁눈질하면서 아키노부가 말했다. 젖은 모래가 구두에 달라붙는다.

발밑이 돌투성이가 되고, 떠들썩한 소리가 서서히 멀어져 간다. 울퉁불퉁하게 구부러진 소나무 가지 사이를 빠져나간다.

"옛날에 집안일 도와주던 할머니 기억나?"

오렌지색 티셔츠가 땀에 젖어 몸에 착 달라붙은 테츠노부가 물었다.

"기억나."

무뚝뚝한 얼굴로 아키노부가 대답했다. 예전에 조부모가 고용했던 가정부는, 차분하면서 엄격한 여성이었던 것으로 기억된다.

"무서웠지."

둘이 동시에 말했다. 형제가 공유하는 기억, 그 기억의 진폭.

"아까보다 파도가 높아졌나?"

테츠노부의 말에 두 사람은 멈춰 서서 바다를 바라본다. 말없이. 돌을 주워 '물수제비'를 뜬다. 납작한 돌을 골라, 팔을 옆으로 휘둘러 수면에 실리듯 날렵하게. 그것은 이 형제의 특기다.

아키노부는 아버지를 생각하고 있었다. 물 위를 퐁퐁 튀는 돌 던지기를 가르쳐 주었던 아버지를. 변호사를 목표로 법학부에 진학하기는 했지만, 얼마 지나지 않아 그 직업을 도저히 감당해내지 못할 것이란 느낌이 어렴풋이 들었다. 그래도 어떻게든 노력해 보았지만, 사법고시는 눈앞에 우뚝 솟아 있는 높은 산이었고, 아키노부는 결국 그 산에 오르지 않았다.

괜찮다. 아버지라면 아마 그렇게 말씀하시고 웃으셨을 것이다. 아키노부에게는 아키노부의 인생이 있으니까, 그거면 됐다, 라고.

아키노부는 상상도 못할 일이었지만, 이때 옆에서 똑같이 돌을 던지고 있던 테츠노부는 오랜만에 소프랜드에 가 보고 싶단 생각을 하고 있었다. 도쿄에 돌아가면 한번 가 봐야지, 하고.

소프랜드는 가와사키에 있는 가게다. 그리 자주는 아니지만, 테츠노부는 일 년에 몇 번, 혼자서 그곳에 간다. 아키노부와 둘이서 처음 가 보았던 가부키쵸의 소프랜드―유흥가라면 가부키

쵸, 라는 고정관념이 박혀 있었다―에 비해, 테츠노부가 다니는 그곳은 작지만 마음 편하고 어쩐지 가정적인 분위기가 느껴진다. 문을 열고 대기실로 들어서면 딱 하나 있는 창문으로 빛이 들어오고, 그 빛을 받아 색이 바랠 대로 바랜 데다 보풀투성이에 먼지 냄새나는 빨간 융단이 보이는 것도 기분 좋다. 여자들의 사진이 실려 있는 바인더도 얇아서 보기가 쉽고 편하다.

테츠노부는 그곳에, 낮 시간에 가는 것을 좋아한다. 적어도 석양빛이 있는 동안에.

계산을 마치고 바깥으로 나왔을 때, 밤이면 고독이 사무치기 때문이다. 집에 돌아가서 형과 바로 대면하는 것도 어쩐지 거북하고, 술을 못 마시니 밤거리에 있어도 재미가 없다.

아키노부한테도 이전에 몇 번 가와사키에 있는 가게 이야기를 꺼내며 권해 보았다. 드물게 다리가 예쁜 여자가 있다느니, 제법 싸다느니 하면서. 그러나 아키노부는 고집스럽게 응하지 않았다. '그런 건 싫어.' 라고 말했다. 가고 싶으면 혼자 다녀오라고.

첫 경험이 마음에 들지 않았는지도 모른다. 연애나 성애에 관한 로맨틱한 사고 탓일 수도 있고, 아니면 그저 망설여진달까 귀찮아서 그러는 것인지도 모른다. 여하튼 그 부분은 아무리 형제라도 간섭할 수 없는 영역이라고 테츠노부는 생각한다. 각자 알아서 해야 하는 일이라고.

"다케오 삼촌, 오늘 밤에 오실까?"

돌 던지기에 진력이 난 듯한 아키노부가 두 손을 털면서 말했다. 다케오 삼촌은 어머니의 동생으로, 지금도 이들 형제를 '꼬맹이들'이라고 부른다.

"글쎄, 외숙모님은 오신다고 했는데."

테츠노부도 양손을 털고 기지개를 펴며 바닷바람을 들이마신다. 너희들 이 땀내가 뭐니? 돌아가면 어머니에게 한 소리 들을 것 같았다.

　독서가인 마미야 형제는 매달 꽤 많은 액수의 용돈을 잡지와 서적을 사들이는 데 쓴다. 20대 무렵에는 어느 문학상 현상 공모에 두 사람 다 소설을 써서 응모한 적도 있었다. 결과는 만족스럽지 않았지만, 그들은 글을 쓰는 일이 즐거웠다.

　2박 3일의 시즈오카 여행에서 돌아온 두 사람은 "역시 집만 한 곳이 없어." "아이고 다 갔네, 다 갔어." "그래도 성묘를 하면 마음이 편해져." "다녀왔어, 훗시." "오, 나의 침대여."라고 읊조리며, 여름휴가의 남은 이틀을 마음 편히 집에서 독서를 하며 보내고 있다. 목하, 아키노부가 읽고 있는 책은 마루야 사이이치의 『빛나는 태양의 궁정』이고, 테츠노부가 읽고 있는 책은 호사카 카즈시의 『컨버세이션 피스Conversation Piece』이다. 두 사람은 아침부터 밤까지 방, 거실, 베란다, 화장실 할 것 없이 책을 들고 다니며 각자 나름의 자세로 읽고 있다. 청소는 물론 세탁도 하지 않았다. 저녁밥도 외식 아니면 배달을 시켜 먹었다. 이렇게 보내는 휴일을 형제는 '독서일(日)'이라고 부른다.

독서일의 시작은 두 사람이 초등학생이었던 무렵까지 거슬러 올라간다. 달리 아무것도―숙제는 물론, 상점가에 잠깐 심부름 다녀오는 일이며 방 정리며 엄마가 부탁하는 어깨 주무르기조차―하지 않고, 하루 종일 책만 읽고 지낼 수 있다면 얼마나 좋을까. 그런 말을 꺼낸 사람이 아키노부였는지 테츠노부였는지조차 이제는 제대로 기억나지 않지만, 어쨌든 두 사람은 그 일을 실천했다.

각자의 방에서, 지붕에 널어놓은 이불 위에서, 거실에서, 부엌에서, 손님이 없는 응접실에서, 계단참이나 싸늘한 복도에서 형제는 수많은 책을 읽었다. 테라무라 테루오의 임금님 시리즈며 괴도루팡 시리즈, 에리히 케스트너와 아스트리드 린드그렌이 쓴 위인전기도 재미있었다. 자라면서 읽는 책도 바뀌어, 중학교 때 아키노부는 이토 세이의 작품에서, 테츠노부는 호시 신이치의 작품에서 감명을 받았다. 고등학교 때 아키노부는 야마모토

슈고로, 테츠노부는 시바 료타로에 심취했고, 같은 시기에 나란히 엘러리 퀸이며 윌리엄 아이리시, 마거릿 밀러의 작품에도 열중했다. 윌리엄 골딩의 『파리 대왕』은 형제 공통의 애독서였고, 거기에 나오는 소년들의 이름이며 언동은 지금도 형제의 마음에 새겨져 있다.

"잭처럼 행동하는구나."

"랠프였다면 이렇게 말했겠지?"

라는 식으로, 일상의 대화에까지 등장할 정도다.

아키노부는 무라카미 하루키를, 테츠노부는 무라카미 류를, 저마다 다른 한쪽의 무라카미보다 존경하고 있고, 서로 그 이유를 논하느라 열중한 나머지 새벽 두 시까지 맥주와 커피우유를 계속 마셔 댄 적도 있다.

그렇게 해서 읽은 책들은 그들의 일부를 형성하고 있었다.

밤. 형제는 읽던 책을 손에 든 채, 단골 츠케멘집의 테이블에 앉아 있다. 두 사람 다 식사 중에 책을 읽지는 않지만, 그래도 가지고 다니는 것이 '독서일'의 습관이 되어 있었다. 책이라기보다 그 세계를 지니고 다닌다는 것을, 둘이 있으면 잘 알게 된다. 피차 상대방이 갖고 있는 책은 물체로밖에 보지 않지만, 자신의 책에는 이미 익숙한 인물이며 풍경들이 가득 차 있고, 여기가 아닌 어딘가로 이어지는 길처럼 생각된다.

"그거, 재미있냐?"

테츠노부의 책을 흘깃 쳐다보며 별 흥미 없다는 듯이 아키노부가 묻는다. 나중에 바꿔 읽을 가능성이 있다 해도 현재 내용을 아는 건 자신뿐이라는 우월감에, 테츠노부는 미소 짓는다.

"응."

대답하고는 젓가락으로 군만두를 집는다.

"그쪽은?"

아키노부 또한 만족스러운 미소를 머금고 대답한다.

"엄청 웃겨."

그리고 만두에 젓가락을 뻗는다. 일요일 밤이라 가게에는 형제 외에 초로의 남자 손님 두 명이 앉아 있을 뿐이다. 그래도 주방의 움푹한 냄비에서는 쉬지 않고 김이 모락모락 솟아오른다.

"멋진 여름휴가였어."

형제는 말을 주고받았다. 내일부터 다시 일해야 한다고 생각하면 조금 우울해지지만, 그건 굳이 지금 생각하지 않기로 했다. 삼색으로 나뉘어 칠해진, 맥주 이름이 들어간 화려한 초롱이 가게 처마 끝에 죽 걸려 있다.

오오가키 겐타는 마미야 아키노부가 회사에 나올 날을 학수고대하고 있었다. 출근하는 대로 내선 전화를 걸어 저녁 약속을 받아내자고 마음먹고 있었는데, 그럴 필요도 없이 로비에서 본인과 딱 마주쳤다.

"마침 잘됐네요."

아키노부는 이렇게 말하며 들고 있던 쇼핑백에서 뱀장어 파이를 한 상자 꺼내 내밀었다.

"오, 생큐. 시즈오카는 어땠어?"

솔직하게 말하면, 아키노부가 귀성할 때마다 어머니에게 받아 가지고 오는 뱀장어 파이에 조금 질리기 시작했지만, 겐타는 밝게 말하고 싱긋 웃었다.

"한가로웠죠."

아키노부가 대답했다.

"땅은 한가롭고, 친척들은 쾌활했어요."

겐타는 무심코 웃음을 터뜨렸다.

"네 친척이 쾌활하다고? 정말이야?"

그러나 입 밖으로 내자마자 곧 그럴지도 모른다고 생각했다. 아마도 그렇겠지. 아키노부에게는 확실히 어딘가 태평한 구석이 있다. 세속에 구애받지 않는다고 해야 할까, 둘들지 않았다고 해야 할까.

"그럼 어머님도 기운 나셨겠네."

엘리베이터에 올라, 질문이랄 것도 없이 말했다.

"네."

아키노부는 얼굴 가득 웃음을 띠고 대답했다. 어머니를 떠올리기라도 하는지, 웃는 얼굴 그대로 문 위쪽을 바라보고 있다.

"오늘 저녁, 시간 괜찮아?"

겐타로서는 드물게 조심스런 말투가 되었다. 하지만 그 점을 아키노부가 알아차렸대도, 무슨 일인지 물을 만한 시간적 여유가 없었다.

"괜찮은데요."

엘리베이터 문이 열리고, 겐타가 회색 카펫이 깔린 3층 복도로 나서는 것과 동시에 등 뒤로 아키노부의 대답 소리가 들렸다. 겐타는 돌아보지 않은 채 가볍게 손을 들어 화답했다. 장소는 나중에 다시 알려 줄게, 대충 그런 의미를 담아.

오오가키 겐타에게 마미야 아키노부는 어딘가 색다른 구석이 있는 후배이자 친구이다.

회사 내의 대다수 사람들이 생각하듯이 아키노부의 첫인상은 썩 좋지 않다. 겐타의 기억으로도 확실히 그랬다. 외양이 세련

되지 못한 데다 목소리도 작고, 자주 실실대는 것치고는 눈이 웃질 않아서 어쩐지 으스스한 인상을 준다. 뭘 생각하고 있는지 알 수 없는 인상이다. 몸도 기질도 약해 보인다고 겐타는 생각했었다.

그러나 그것이 자신의 편견임을 곧 깨달았다. 마미야 아키노부는 대부분의 입사동기보다 훨씬 다부지다. 결근은 물론 지각 한 번 한 적이 없다(다만, 잔업도 좀처럼 하지 않는다). 잔업을 하지 않아도 주어진 일을 소화해 낼 역량이 있는 것이리라. 듣자니 공장에서의 평판도 좋다. 게다가 아키노부는 여사원 버금가게 대답도 제때 잘한다. 말투가 명확치 않아서 잘 모르고 지나치지만, 아주 조금만 눈여겨보면 아무리 하찮은 질문에도 "네." "아뇨." "그래요?" "재밌네요." "그건 몰랐네요." "알겠습니다."라는 식으로 성실하게 답변한다는 것을 알 수 있다(하지만 상대가 못 알아들을 때도 많다).

또한 겐타가 생각하기에 무엇보다 호감이 가는 점은, 절대 불쾌한 이야기를 하는 법이 없다는 것이다. 푸념도 않거니와 항간에 떠도는 이야기도 할 줄 모른다. 둘이서 술을 마실 때도, 아키노부가 입에 올리는 얘기라곤 동생 일 아니면 야구 얘기, 혹은 맛있는 것을 먹었다거나 묘한 영화를 보았다는 이야기들뿐이라서 따분하기는 해도 듣다 보면 저도 모르게 마음이 푸근해진다.

취하는 걸 겁내지 않고 잔을 연거푸 비우는 점에서도, 겐타는 그 의기를 가상하게 여긴다. 소위 양조 회사에 근무한다는 사람이 술을 즐기지 않는다면 말이 안 된다며. 이전에 같은 부서에서 일했을 때는 지금보다 더 자주 마시러 다녔다. 가자고 하면 아키노부는 언제든 두말없이 따라왔고, 당시 가정을 꾸린 지 얼마 안 된 겐타의 집에서 엉망으로 취해 잠이 든 적도 있었다.

아내인 사오리도 아키노부를 마음에 들어 했다. 최근에는 아내와 대화를 안 해서 잘 모르겠지만, 적어도 몇 년 전까지는 그렇게 말했었다. 또 놀러 오면 좋겠다느니, 그 사람 정말로 당신을 좋아하는 것 같다느니 하면서.

그 무렵을 떠올리며 겐타는 한숨을 내쉰다. 자신과 사오리 둘다 행복하고, 서로를 생각해 주던 시절.

"안녕하십니까?"

애써 패기 있게 인사하고 자기 자리에 앉았다. 가방에서 주말에 준비한 데이터를 꺼낸다. 오후 미팅 때 쓸 자료로, 출력해서 복사해야 한다.

오늘도 역시 쨍쨍 내리쬔다.

테츠노부는 교무원실 구석에 놓인 낡은 천 의자에 앉아, 뱀장어 파이를 야금야금 먹고 있다. 쿠션도 울퉁불퉁하고 어두운 꽃무늬의 먼지 냄새나는 그 의자가 테츠노부는 마음에 든다. 아마도 응접실이나 교장실, 적어도 교무원실 이외의 장소에 놓여 있던 것이리라. 구색 맞춰 여러 개 놓여 있었을 그것은, 어찌된 영문인지 달랑 하나만 남아 쓸쓸하면서도 여유 있어 보이는 교무원실에 처박혀 있다.

새 학기가 시작되면 다양한 업자들과 마주할 일이 많아서 바빠진다. 지금은 사람이 아닌 사물과 소통하는 시기다.

테츠노부가 초등학생이었을 무렵에는 학교에 당직 시스템이 있어서, 교사나 교무원이 교대로 학교에서 잠을 자며 경비를 맡았다. 그러나 현재, 테츠노부의 업무에 그 일은 포함되어 있지 않다. 테츠노부는 다행이라고 생각한다. 밤, 아무도 없는 학교라니 탐탁지 않다. 그러나 한편으론, 이를 다행으로 여기는 저 자신이 한심하다는 생각도 든다. 헤밍웨이에게는 걸맞지 않은 태도라고.

그건 그렇고, 집에 가기 전에 한 가지 더 해야 할 일이 있다. 3, 4층 교실 책상의 낙서를 지우는 작업이다. 테츠노부는 의자에서 일어나 세제와 장갑과 걸레가 든 양동이를 집어 든다. 작업복

뒷주머니에 휴대용 MD 플레이어를 밀어 넣고 이어폰을 귀에 꽂았다.

"테츠노부ㅡ, 형 와따ㅡ, 아녕ㅡ."
 현관문 여는 소리가 났을 때, 테츠노부는 커피우유를 마시면서 화이트 윙스 발사 타입이라는 이름의 모형 비행기를 조립하는 중이었다. 자정이 지난 시간이다.
 "테츠노부ㅡ, 토하 꺼 가터, 더아저ㅡ."
 또냐? 테츠노부는 작은 소리로 말하며 혀를 차고, 무시하기로 마음먹는다. 모형 비행기는 지난주에 상점가에서 충동구매한 것. 프라모델 가게 아저씨는 테츠노부를 보고도 아무 반응이 없었다. 도무지 붙임성이라곤 없는 사람이다. 그토록 뻔질나게 들락거리며 용돈도 수월찮이 쏟아 부었는데.
 현관 쪽이 조용해졌다. 잠이 들어 버렸나 싶어 귀를 기울여 보니, 아직 뭐라 중얼거리는 소리가 들려온다.
 "도리가 없구먼."
 일어선 테츠노부의 뒤에서, 구둣발로 걷는 소리가 들렸다. 테츠노부는 말없이 천장을 올려다본다.
 "어딨냐ㅡ 테츠노부우ㅡ, 없는 거야?"

한 손으로 벽을 짚어 가며 창백한 얼굴로 비틀비틀 걷고 있던 아키노부는 고개를 숙인 채 중얼거리느라, 동생이 얼굴을 내밀어도 알아차리지 못한다.

"어쩌자고 또 이렇게 마신 거야."

화를 낼 작정이었는데, 약이 올라 울음보를 터뜨리기 직전의 어린애 같은 목소리가 나오고 말았다. 형의 모습이 너무 한심스럽고 초라해서, 저도 모르게 한발을 쿵쿵 내딛어 버린 탓인지도 모른다.

"아, 있었냐?"

고개를 든 아키노부가 게슴츠레한 표정으로 말했다.

"형이 쫌 마셨다."

"알고 있어."

테츠노부가 대답했다. 고주망태는 싫었다. 아버지 다츠오도 가끔 과음을 했는데, 한밤중인데도 아랑곳없이 어린 자신들을 깨워서 초밥이니 단밤을 먹으라고 하는 게 너무 성가셨다.

"됐으니까 구두 벗어, 구두."

테츠노부가 어깨를 빌려 주면서 말했다.

"생큐."

아키노부는 히쭉 웃고, 낑낑거리며 신발을 벗는다.

"생큐, 멋지지 않냐? 생큐—가 아니라고, 생큐웃."
"하나도 안 멋있어. 대체 뭔 소리야."
우당탕하는 요란한 소리와 함께 거의 고꾸라지다시피 하면서 테츠노부는 아키노부를 침실로 데려갔다.

　보통 열흘 걸리는 일을 닷새 안에 해달라는 주문을, 기모노집 아주머니는 쾌히 맡아 주었다. 이제 철이 지나 가격도 내린 상태였다. 테츠노부의 얼굴에 기쁨이 가득하다.
　"돈 벌었어."
　"그래."
　아키노부의 표정은 조금 신통찮다.
　혼마 나오미와 쿠즈하라 요리코를 초대하여 벌일 불꽃놀이를 위해, 형제는 유카타를 맞춘 참이다. 어제 저녁 테츠노부가 두 사람에게 전화를 걸어 초대 의사를 밝혔는데, 나오미가 전화를 끊기 직전 "멋지네요. 저, 유카타 입고 갈까요?"라는 말을 꺼냈고, 형제는 상의 끝에, 그렇다면 역시 맞이하는 측도 유카타를 입는 것이 도리이지 않겠냐는 결론을 내렸다. 그래서 오늘, 안목이 높다느니 남자 분들이 멋지다느니 하는 부추김에 넘어가 오비며 게다까지 포함하고 보니, 싼값이라지만 형제로서는 꽤 큰 금액을 지불하게 된 것이다.

혼마 나오미가 전화상으로 한 말은 유카타뿐만이 아니었다.
"여동생을 데려가도 괜찮을까요? 동생이랑 다른 친구들도."
테츠노부는 왠지 신경이 쓰여 되물었다.
"친구?"
"동생의 남자친구랑 그리고 또…… 제 남자친구도."
조심스럽게, 나오미가 말했다. 테츠노부는 나오미의 말을 아직 형한테는 정확히 전달하지 않았다. 여동생이랑 친구 몇 명을 데려온다는 말에서 그치고, 성별은 언급하지 않았다는 의미이다. 아키노부의 성격으로 보아 알면 지레 풀이 죽을 게 뻔했고, 대학 때 사귄 사람과 꼭 끝까지 간다는 보장도 없으니 아직 기회는 있다는 것이 테츠노부의 생각이었다. 그렇더라도 나오미의 발언은 테츠노부로서도 불의의 기습을 당한 것만 같아 어쩐지―두말할 것도 없는―충격이었다.

"괜찮아, 괜찮아. 데려와, 데려와."

쌍수를 들어 환영했지만, 지금 생각하면 그것도 다 충격의 반동이랄까, 발로였는지 모른다. 이전에 아키노부가 쿠즈하라 요리코의 오빠를 초대하자고 했을 때, 뭐 하러 남자까지 부르냐는 둥, 형은 계산이란 게 없다는 둥, 설교까지 했던 일을 떠올리고 테즈노부는 반성했다(덧붙이자면 쿠즈하라 요리코는 전화상으로, "오빠? 아뇨, 오빠는 멀리 살아서. 저 혼자 가겠습니다."라고 단언했다).

기모노집에서 돌아오는 길. 날이 저물어도 여전히 무더웠다. 매미가 시끄럽게 울어 대는 길을 걸으면서, 아키노부는 전혀 다른 생각을 하고 있었다. 지난주, 오오가키 겐타가 의논차 털어놓은 이야기와, 당장 내일로 닥친 오오가키 집에서의 대담에 관한 것이다. 오오가키 겐타의 프라이버시와 관련된 일이라서, 아키노부는 지난 일주일간 자신의 마음을 무겁게 누르는 이번 사건에 대해 테즈노부를 포함하여 아무한테도 이야기할 수가 없었다.

그날 겐타에게 이끌려 간 곳은, 평소 안자이 미요코와 셋이 모일 때만 가는 세련된 분위기의 카운터 바였다. 노커가 달린 무거운 바깥문을 밀고 지하로 내려가, 까만 안쪽 문을 밀고 들어가면 검은 복장의 웨이터가 들고 있던 짐을 받아 준다. 실내 장식도 새까만 데다 지독하게 어둡고, 입구 옆에 꽂아 놓은 거대한 꽃에서 알싸한 꽃가루 냄새가 풍기며, 간접 조명이 바텐더가 흔드는 셰이커에 반사되어 빛나는, 그런 술집이다.

오오가키 겐타는 이 가게의 주인과 친하다. 두 사람 다 스카치 위스키에 빠져 있어서 이따금씩 본고장을 다녀오기도 한다. 또한 스코틀랜드의 기후와 풍토, 인심, 수질이나 증류법, 피트(이탄)의 중요성 등에 관해 대화 나누길 즐긴다. 아키노부는 어렸을 때 가족 여행차 하와이에 두 번 다녀온 것이 해외 경험의 전부라서, 언젠가는 자신도 스코틀랜드에 한번 가 보고 싶다는 생각을 하고 있다. 그리고—솔직히 말해 이쪽을 더 강렬하게 동경하고 있지만—돌아온 후에 주류 전문가나 같은 취미를 가진 남자들끼리 본고장에 대해 오오가키 겐타처럼 열렬히 이야기해 보고 싶었다.

그러나 그날 밤의 오오가키 겐타는 처음부터 평소와 다른 모습이었다. 스카치를 더블로 주문하는 것까지는 똑같았다. 하지만 옆얼굴에는 긴장된 표정이 역력했고, 낌새를 알아차렸는지 가게 주인도 인사 외에는 말을 걸지 않았다. 그것만으로도 아키노부는 긴장이 되었다.

"사오리와 헤어질 생각이야."

한 모금 홀짝이는가 싶더니 겐타는 그렇게 말했다. 낮은 목소리에 냉정한 모습으로.

아키노부는 자신이 "아!"라고 했는지 "어!"라고 했는지 기억나지 않는다. 그중 하나이거나 아니면 그 중간이었는지도 모른다. 겐타가 미소 지었다.

"네 얼굴이 퍼레질 일은 아니잖아."

월요일이라 그런지 가게 안은 텅 비어 있었고, 재즈곡이 나지막이 흘러나왔다.

"그래서 의논 좀 하려고."

담담한 어조로 글라스 안의 얼음과 액체로 목을 축여 가며, 신중하게 말을 고르면서 자기네 부부의 결혼 생활에 대해 이야기했다. 한마디 한마디 진지하게 귀를 기울이는 동안 아키노부는 가슴이 답답해지는 것을 느끼며, 그때그때 "에엣?" "보통 일이 아니네." "그건 좀." 하는 말을 흘리며 물 탄 위스키를 홀짝였다. 달리 어떻게 해야 좋을지 몰랐기 때문이다. 오오가키 겐타와 그의 아내 사오리는 이미 일 년 넘게 사이가 틀어져 있는 데다 지난 몇 달간은 서로 말 한마디 섞지 않았단다. 이혼 이야기를 꺼낸 겐타에게 사오리는 아예 응하지 않았고, 마주 앉아 이야기할 자세도 여유도 없이 문을 닫아건 채 남편을 집에 들이지 않는 모양이었다(오오가키 겐타는 어쩔 수 없이 일주일 단위로 방을 빌렸다). 전화를 걸어도 말 꺼내기가 무섭게 끊어 버리고, 체인이 걸린 현관문 틈으로 말이라도 걸라치면 문틈을 향해 물건을 내던진다고 했다.

"너무하네요."

아키노부는 솔직한 심정을 말했다. 물론, 이런 일은 한쪽 말만 들어서는 알 수 없는 일이지만, 그렇더라도 사오리의 태도는 어른답지 못하다는 생각이 들었다. 이혼을 하든 않든, 마주 앉아 제대로 이야기하는 것이 쌍방의 의무랄까 책임이 아닐는지.

"뭐, 원인은 나한테 있으니까 그 사람을 나무랄 수는 없지만."

겐타는 중얼거리며 달콤한 피트향이 나는 한숨을 내쉬었다.

"원인이라니……, 겐타 씨, 바람이라도 피웠나요?"

부정해 주길 바라고 한 말이었는데, 겐타는 부정도 긍정도 하지 않고 놀란 얼굴로 아키노부를 향해 조금 웃어 보였다. 그날 밤 처음으로 내비친 유쾌해 보이는 표정이었다. 그것만으로도 아키노부는 마음이 놓였다. 그제야 평소의 오오가키 겐타를 만난 느낌이었다.

"알고 있는 줄 알았어."

목소리에 아직 웃음기가 남아 있는 오오가키 겐타가 주눅 드는 기색도 없이 말했다.

"안자이 미요코와 나. 하긴 언제나 너 먼저 돌아갔지?"

아키노부는 너무 놀라 할 말을 잃었다. 전혀 상상도 못한 일이었다.

"하지만 그건 늘 제가 먼저 취해 버렸기 때문인데."

한심한 목소리가 나왔다. 억지일지 몰라도, 왠지 따돌림을 당한 기분이었다. 셋이서 술을 마시는 게 즐거웠다. 오오가키 겐타도 안자이 미요코도 자기와 똑같이 느끼려니 생각했다.

"제삼자가 있는 편이, 사오리도 냉정해질 수 있을 거 같아서 말이야."

오오가키 겐타는 그렇게 말했다.

"마미야는 어쩐지 신용하는 눈치라서."

대충 이야기를 마치자 표정이 다소 밝아졌다.

"게다가 넌 변호사 지망생이었으니까, 위자료 같은 문제에 대해서도 웬만큼 잘 알 테지?"

아내와 이야기할 때 동석해 달라는 것이 오오가키 겐타의 상담 요지였다.

"덥네. 우리가 유카타 맞췄다고 하면, 엄마가 사진 보내 달라고 하실까?"

테츠노부의 말에 아키노부는 현실로 돌아왔다.

"응. 그러시겠지."

희미하게 미소 지으며 대답했다. 그들이 사는 맨션이 코앞에 보인다.

왜 가겠다고 했을까.

쿠즈하라 요리코는 세면대 앞에 서서, 거울에 비친 얼굴을 보며 그렇게 자문했다. 옷을 벗고, 머리를 타월 소재의 헤어밴드로 넘기고 이를 닦는다.

저녁은 냉동 우동으로 때웠다. 그저께 남자와 헤어지고 나서부터 제대로 요리할 기력도 남지 않았다. 화창한 일요일이었는데, 오늘 하루 동안 한 일이라곤 잠자고 잡지 뒤적이고 담배 피우고 우동을 먹은 것뿐이다. 어제도 똑같았다.

그런데도 왜, 가겠다고 대답했을까. 불꽃놀이 따위 하고 싶지도 않은데……. 마미야 테츠노부의 전화가 어쩐지 따스한 장소로부터의 초대처럼 느껴졌다.

이를 다 닦고, 자신의 알몸을 바라본다. 자기 몸이라고 봐주는 일 절대 없이 객관적인 시선을 갖고자 애썼다.

괜찮아.

거울 앞에서 전후좌우를 돌아보며 자기 자신을 타이른다. 아직 젊은걸. 괜찮아. 엉덩이도 처지지 않았고, 배는 아주 조금만 의식하면 납작해진다. 이런 것들을 언제까지 유지할 수 있을까. 위로 솟은 젖꼭지며, 훤히 드러난 두 팔은?

욕실 문을 열고 문지방을 넘어서서, 샤워 꼭지를 틀며 생각한다. 내가 좋아하는 남자는, 좋아했던 남자는, 내 몸을 마음에 들어 했을까. 한순간이라도 좋아. 다른 누구에게도 양보할 수 없는, 세상에 단 하나뿐인 존재로서 사랑해 주었을까?

'SAVON de MARSEILLE'라고 쓰인 병의 내용물을 손바닥에 덜고, 거품을 내어 살갗을 문지른다. 세상에 단 하나가 아닌, 흔해 빠진, 어찌되든 상관없다는 듯이 아무렇게나, 요리코는 자신의 몸을 씻는다. 깊은 밤, 바깥에서 빗소리가 들려온다.

아키노부가 오늘은 비디오를 안 보고 잔다고 말했기 때문에, 테츠노부 혼자 『해럴드와 모드』를 보고 있다. 소년의 자살 미수 장면에서부터 시작되는, 형제가 무척 좋아하는 영화다. 너무 좋아한 나머지, 그들은 이 비디오를 아예 소장하고 있다. 같은 영화를 몇 번씩 볼 때의 좋은 점은 한마디로 돌아왔다는 느낌이 든다는 것이다. 보기에도 공기가 맑을 것 같은, 단풍진 낙엽이 가득 깔린 공원이며, 우스꽝스러운 것을 잔뜩 모아 놓은 노부인의 방 안에.

테츠노부는 소년과 노부인의 교류를 그린 이 영화를, 바닥에 쌓아 올린 베개며 쿠션이며 홑이불에 반쯤 파묻혀서 무릎을 끌어안은 채 보고 있다. 필요한 것들―리모컨과 마실 거리와 과자―은 모두 손 닿는 곳에 있다. 이렇듯 물건을 쌓아 올려―높이를 조절하는 것이 중요하다. 때문에 홑이불도 반듯하게 개켜 겹쳐 놓는다―자신의 몸이 딱 들어갈 만큼의 공간에 자리 잡는 것을, 테츠노부는 옛날부터 좋아했다. 기지. 어릴 적에는 그것을 그렇게 불렀다.

영화를 보면서 테츠노부는 여러 번 할머니를 떠올렸다. 할머니를 일일이 생각하는 게 아니라, 먼 의식 저편에서 무언가가 결합되는 것이다.

지난달 시즈오카에서 뵈었을 때, 할머니는 건강해 보였다. 누워만 계시지 않고 곧잘 일어나서 식사도 하셨다. 하지만 테츠노부가 느끼기에 할머니는 절반만 그 자리에 있는 것 같았다. 남은 절반은 어딘가 다른 장소에 있어서 아무에게도―아마 할머니 자신에게도―손 내밀지 못하는 것처럼.

저희 왔어요.

형제가 말을 건네자 할머니는 감고 있던 눈을 번쩍 뜨셨다. 이내 반가움에 이 없는 입이 벌어졌다.

"오냐, 아키짱, 텟짱."

종이를 꾸깃꾸깃 뭉쳐 놓은 듯한 목소리였다. 어머니가 매번 잘라 드리는 할머니의 머리카락은 짧은 단발로, 자다 일어난 탓에 헝클어져 있었다.

할머니 방에서는 옛날과 똑같은 냄새가 났다. 향낭과 화선지와 먹을 섞어 놓은 듯한 냄새. 그곳에 있는 할머니는 너무도 많이 달라져 버렸는데.

그래도 할머니는 미약하나마 예전 활력의 자취를 내비치며―어쨌든 어머니의 어머니인 것이다―이불 밖으로 야윈 팔을 내밀어 손잡길 원했다. 먼저 손을 내민 아키노부의 품이 너무 조심스러워 보여, 테츠노부는 손을 꽉 쥐고 힘차게 흔들었다.

"어이."

깜짝 놀란 아키노부가 나무랐지만, 할머니는 아파하거나 놀라는 기색도 없이 그저 눈만 크게 뜨고 있었다.

영화가 끝나자 테츠노부는 테이프를 되감았다. 『해럴드와 모드』는 역시 좋다. 색채도, 음악도.

비가 내리고 있다. 베란다의 물받이에 똑똑 물 떨어지는 소리가 들린다. 내일 학교에 가면……. 테츠노부는 생각한다. 내일 학교에 가면, 배수구 주변에 몰려 있는 낙엽들을 제거해야 한다. 젖은 잎은 지면에 딱 달라붙어, 좀체 쓸어 내기가 힘들지만.

  9월. 이 비 덕분에 조금이라도 선선해지면 좋으련만. 테츠노부는 생각한다. 그렇지 않으면 수분을 아무리 섭취해도 땀으로 다 빠져나간다. 유카타 차림에 땀투성이인 그림은 아무래도 꼴사납겠지.

오오가키 겐타의 자택은 도쿄 외곽에 있었다. 그곳에 도착했을 때는 약속 시간인 일곱 시에서 5, 6분이 지났을 무렵이었다.

한 시간 가까이 타고 온 전철 안에서, 아키노부는 겐타의 심정을 다시 한 번 들었다. 이혼을 결심하게 된 이유를 확실히 들어둘 필요가 있을 것 같았다. 의지는 굳어 보였다. 이유에 대해서는, "그러는 게 옳을 것 같아서."라고 겐타는 말했다. "이런 말 할 주제는 아니지만, 사오리를 위해서도 말이야."라고.

이혼이 성립돼도 안자이 미요코와의 관계를 변화시킬 생각은 없고, 동거는 물론 혼인 신고조차 생각하고 있지 않다고 했다. 그 부분에 관해선 안자이 미요코도 같은 생각인 모양이다.

아키노부와 함께 오늘 여기에 온다는 것을 겐타는 엽서로 아내에게 알렸다.

 "엽서로 말이지."

 겐타는 쓴웃음을 지었다.

 "전화론 입도 뻥끗 못하게 해."

 엽서를 무시하고 부인이 외출했을 가능성을 아키노부가 넌지시 비추자, 겐타는 전철 손잡이에 매달리다시피 한 자세로 창밖에 눈길을 주며 단언했다.

 "그렇진 않아. 암, 그렇진 않아."
라고.

 불가사의한 확신이라고 아키노부는 생각했다.

 현관 옆에 작은 개집이 있고, 그 옆에서 시바견이 자고 있다. 유리가 울퉁불퉁한 현관 등은 오렌지색이 도는 따스한 빛을 발하고 있다.

 "멋진 집이네요."

 아키노부는 말한 순간 후회했다. 상황을 감안하면 비아냥거리는 발언으로 들릴 수 있기 때문이다.

 "응."

 겐타는 전혀 괘념치 않고, 쭈그리고 앉아 개를 쓰다듬어 주면서 대답했다.

"이 집, 마미야는 처음이지?"

처음이었다. 이전에 살던 맨션에는 여러 번 놀러 갔지만.

"들어가 볼까?"

스스로 기합이라도 넣는 듯이 말을 토하고, 오오가키 겐타는 초인종을 눌렀다.

문은 곧 열렸다.

"어서 오세요."

예상과 달리 오오가키 사오리는 웃는 얼굴이었다. 단, 그 웃는 얼굴은 아키노부를 향한 것일 뿐. 말도 아키노부한테만 건넨다.

"오랜만이네요. 어서 들어오세요. 이게 몇 년 만인지."

슬리퍼도 한 켤레만 내주었다. 난감하여 겐타를 돌아보니, '됐으니까 신어.' 라는 듯이 턱을 추켜올렸다.

집 안에도 개가 있었다. '캉캉' 하고 귀에 거슬리는 소리로 짖으며 흥분해서 뛰어다닌다. 거실에는 소파와 TV와 전자피아노가 놓여 있고, 무언가를 졸이는 달콤한 냄새가 났다.

"그간 별고 없으셨습니까?"

아키노부는 간신히 인사할 수 있었다.

"멋진 집이군요."

또다시 그 말이 나와 버렸다. 사오리가 개를 안으며—짖는 건 멎었지만, 목 안으로 아직 그르렁거리고 있다—생긋 웃는다.

"앉지."

겐타가 말하고 소파에 걸터앉았다. 삐걱 하고 가죽 내려앉는 소리가 났다. 사오리는 그것을 완전히 무시했다.

"어서 앉아요. 곧 맥주 내올게요."

사오리는 손님을 맞는 여주인다운 명랑함과 조급함으로 아키노부를 앉히고 부엌으로 사라졌다.

"사오리."

겐타가 불렀지만 그마저도 묵살 당했다. 미리 준비해 놓은 듯, 맥주와 유리잔 그리고 안주 몇 가지를 금세 테이블에 차려냈다. 전부 2인분이다.

"사오리, 됐으니까 잠깐 앉아 봐."

초조해하는 목소리가 들리지 않는 듯, 사오리는 다시 부엌으로 사라졌다.

"오랜만에 금눈돔을 조렸어요. 마미야 씨, 예전에 칭찬 많이 해 주셨죠? 그때 나, 생선 조림은 처음 해 보는 거였는데. 그때까지 요리는 별로 해 본 적이 없어서."

목소리만 들린다. 묘한 상황이다. 아키노부는 거의 애원하는 심정으로 겐타를 바라보았다. 어떻게든 해 주었으면 싶었다.

"요리책이 없으면 아무것도 못 만들 때였거든요."

냄비 바닥을 긁는 소리와 함께 사오리의 말소리가 들리더니, 접시를 두 개 들고 나타났다. 하나는 아키노부 앞에, 나머지 하나는 자기 앞에 내려놓고 소파에 앉는다.

"이혼은 안 해요."

그리고 느닷없이 그렇게 선언했다.

카펜터스의 음악은 마음에 휴식을 준다.

깊은 밤. 귀가한 아키노부는 자기 방에서 CD를 들으며 세탁물을 개키고 있다. 세탁한 옷을 모조리 커다란 바구니에 담아두고 필요할 때마다 꺼내 입는 테츠노부와 달리, 아키노부는 하나하나 개켜서 서랍에 차곡차곡 정리하여 집어넣는다. 그 작업 또한 카펜터스와 마찬가지로 마음을 쉬게 해준다.

오오가키 집에서의 대화는 아무 결말도 나지 않았다. 겐타한테서 듣고 내심 겁먹은 일―사오리가 물건을 집어던진다든지, 히스테릭해진다든지, 어쩌면 울지도 모른다든지―도 전혀 일어나지 않았다.

"이혼은 안 해요."

그 말 이후 그녀는 완전히 돌변하여 표정이 굳고, 동시에 귀도 마음도 닫아 버린 것처럼 보였다.

"가능한 한 다 해 줄 테니까."

오오가키 겐타는 머리를 조아리고 이혼이 자신들 두 사람에게 어느만큼 불가피한 일인지, 이혼함으로써 쌍방이 얼마만큼 편해질 수 있는지 잔혹한 말('이미 예전으로는 돌아갈 수 없어. 그건 사오리도 알고 있잖아.')과 설득조의 말('이대로 있기보다, 좀 더 나은 인생을 찾아 나설 수 있다니까.')과 애원('부탁이야.')에서 협박 비슷한 말('재판 같은 건 싫잖아. 추잡한 싸움이 될 뿐이라고.')까지, 온갖 소리를 다 해 가며 호소했다. 그러나 그러한 말들은 어느 것 하나 오오가키 사오리에게 영향을 주지 못하는 것 같았다.

"싫어요."

몇 번이고 그 대답뿐이었다.

아키노부는 눈앞에 있는 고집스러운 여성이 그 오오가키 사오리―책이 없으면 요리를 못하던 무렵의, 겐타 옆에 있는 것만으로도 행복해 보이던, 그 생기발랄하고 상냥했던 여성―와 동일 인물이라고는 도저히 믿어지지 않았다. 그 변화는 그녀의 겉모습이 변하지 않은 만큼 한층 더 무섭게 느껴졌다.

"그럼, 어쩌자고?"

오오가키 겐타는 누차 그렇게 물었지만, 거기에는 대답할 생각도 않고,

"아무튼 이혼은 안 해요."

라는 말만 되풀이하며, 무릎에 앉힌 개의 털을 손가락으로 연신 빗어 내렸다.

결국 대화는 아무런 합의점도 찾지 못한 채 둘 다―주로 오오가키 겐타가―지칠 대로 지쳐 입을 다물어 버리는 형태로 끝이 났다. 아키노부는 예전 두 사람의 대화―즐겁고 행복해 보였던, 서로에 대한 애정이 흘러넘쳐 아키노부를 거의 넋 나가게 만들었던 대화―에서 아득히 멀어져 버린, 현재의 두 사람이 주고받는 말 속에 담긴 분노와 피폐를 그저 망연히 바라보고만 있었다.

"도움도 못 드리고……."

돌아오는 길에 아키노부는 그렇게 말했다.

"무슨 소리. 큰 도움이 됐어. 집에 들어가게 허 줬잖아."

오오가키 겐타는 이어,

"일보 전진했어."

라고 덧붙였다.

"이제부터 시간을 두고 절충해 나가야지. 게다가 미요코의 주

문 사항은 일단 완수했어."

"주문?"

아키노부 앞에서 그가 안자이 미요코를 이름으로 부른 것은 이번이 처음이었지만, 눈치 못 챈 척하고서 되물었다.

"안자이 씨가 어떤 주문을 했는데요?"

"찔리지 말고 무사히 돌아오라고."

오오가키 겐타는 우습다는 듯이 말하고, 한쪽 뺨만 살짝 당겨 웃었다. 밤과 어우러진 그의 웃음이 왠지 섹시해 보인다고 아키노부는 생각했다.

Jambalaya and a crawfish pie and fillet gumbo(잠발라야와 왕새우 파이와 필레 검보)

카렌 카펜터스가 명랑하게 노래하고 있다.

"큰일이야."

소리 내어 말해 본다. 소리 내어 말함으로써 무거운 기분을 털어 버리고 싶었다.

"도대체가 바람 따윌 피우니까 안 되는 거야."

Jambalaya and a crawfish pie and fillet gumbo

나라면 절대 '아내'를 슬프게 만들지 않을 텐데. 세탁물을 다 개고 나서 마음속으로 그렇게 중얼거린다.

그날 이후 며칠 동안, 아키노부는 문득문득 오오가키 사오리 생각에 빠져 있는 자신을 발견하곤 했다. 지금 어떡하고 있을까, 라든지, 그날 테이블에 차려 낸 갖가지 요리―시금치 무침, 우엉 볶음 등이 각기 자그마한 그릇에 수북이 담겨 있었다―, 누구 한 사람 젓가락조차 대지 않았던 그 요리들은 다 어떻게 했을까, 라든지.

그 집은 혼자 살기에는 너무 넓을 텐데.

목요일.

아키노부는 평소대로 패한 경기의 스코어를 체크하고―형제가 응원하는 프로 야구 구단은 이번 시즌, 형제가 기억하는 한 최악의 부류에 속하는 성적을 내고 있다. 요코하마까지 나란히 개막전을 보러 간 날, 요시미를 비롯한 가와하라, 데니, 화이트사이드의 호투 덕에 승리를 거두자 전의에 불타 "금년엔 뭔가 보여 주는 거야!" 하며 한껏 들떴던 일이 거짓말 같다―욕조에 들어앉아 있다. 테츠노부는 아직 들어오지 않았다. 좀 늦는다고 했으니 걱정은 하지 않지만 드문 일이었다. 오오가키 겐타 같은 회사 사람이나 학창 시절 친구(수는 적지만 있기는 있다.)와 어울려 가끔 술을 마시곤 하는 아키노부와 달리, 테츠노부는 철저히 비사교적이다. 동창회에도 한 번 나간 적이 없다.

"좋은 추억도 없는데 뭐."

그런 식으로 말할 때의 테츠노부는 통통한 몸 어딘가에 강한 분노가 서려 있어서 아키노부조차 조금 무서운 기분이 든다.

"그런 데 가서 뭐해."

때마다 받는 연하장 수만 봐도, 테츠노부가 얼마나 비사교적인지 확실히 알 수 있다.

욕실에서 나와 잠옷을 입는다. 다림질은 하지 않았지만 갓 세탁한 청결한 잠옷이다. 아마 유흥가에라도 가 있겠지. 아키노부는 그렇게 생각했다.

아키노부의 짐작은 들어맞았다. 하지만 그게 전부는 아니었다. 우롱차 사건. 머지않아 형제 사이에서 그렇게 불리며, 간간이 들춰내어 웃다 보면 조금씩 기분이 가벼워지는 사건이 테츠노부에게 닥치고 있었다.

늘 가던 가게에서 여자와 일을 마치고 바깥으로 나왔을 때는 저녁 무렵이었다. 그 일대는 날이 어두워지면 테츠노부를 불안하게 한다. 동종 업소가 밀집해 있는 한 모퉁이에는, 제복이나 다이쇼 시대풍의 기모노를 입은 여자들이 좁은 골목 안을 오가거나 선 채로 수다를 떨어 가면서 손님을 기다리고 있다. 게다가 가게마다 핑크빛이며 노란빛의 요상한 불빛들이 번쩍거려 어찔어찔하다. 테츠노부는 걸음을 재촉했다.

역 앞의 평범한 번화가로 나오고 나서야 한숨 돌린 테츠노부는 눈에 띈 게임 센터에 들어갔다. 일을 마친 후에는 으레 게임 센터나 빠칭코 점에 들른다. 거기서 한 박자 쉬었다 가는 것이 테츠노부에게는 중요한 일이었다. 형하고 둘이 사는 생활은 쾌적하지만, 평소와 다른 얼굴을 보이고 싶지 않을 때는 돌아갈 장소가 없어진다.

만담 파트너 둘을 버튼으로 조작하는 게임을 하고 있을 때 누군가 말을 걸었다.

"여기, 덥네. 목마르지 않아요?"

예쁜 여자였다.

방금 이 게임에서 땄다는 이상하게 생긴 봉제 인형을 들고 있었다. 맥주나 한잔하러 가자고 꾀기에 술은 못 마신다고 잘라 말했다. 목은 마르지만, 하면서.

"그럼, 우롱차라도 괜찮아요. 나도 우롱차로 할 테니까."

조그마한 얼굴에 눈이 크고 피부가 하얀 여자의 시원시원한 말투, 쿨하면서도 불쾌감이 들지 않는 그 말투에 이끌려 따라나섰다.

테츠노부의 생각으로는, 둘이서 우롱차만 마셔도 그것으로 족했다. 이것이 설령 그녀의 생업이고, 게임 센터에서 얼간이 같은 얼굴로 앉아 있는 남자를 데리고 나가 술이나 사 달래고는 내버리는 것일지라도, 그것대로 좋았다.

그러나 어둑어둑하고 꾀죄죄한 좁은 바에 한 발 들여놓은 순간, 그녀는 사라지고 없었다. 그리고 우롱차가 나왔다. 그것을 내놓는 바텐더의 경멸 섞인 간들거리는 표정.

테츠노부는 돌아가기로 마음먹고 자리에서 일어섰다. 우롱차에 입을 댈 기분이 아니었다. 바텐더에게 팔을 붙잡혔다. 손가락이 살을 파고들 만큼 힘이 여간 아니었다.

테이블에 놓인 계산서에는 어이없게도 '일금 십만 엔정'이라 적혀 있었다.

"설마."

힘없는 목소리가 새어 나왔다. 바텐더는 더 이상 간들거리지 않았다.

물론, 테츠노부의 수중에 그만한 돈은 없었고, 그렇게 말했지만 통하지 않았다. 고함을 치고, 쿡쿡 찌르며 들볶고, 결국 설교까지 당한 끝에 남아 있던 돈 42,829엔을 한 장뿐인 신용카드와 함께 지갑째 몽땅 빼앗기고 말았다(지갑 더럽구먼, 하는 말까지 들었다). 안쪽에도 다른 남자가 있었지만, 테츠노부와 바텐더가 하는 수작을 흘끗 보았을 뿐 일절 관심을 보이지 않았다.

가까스로 풀려나 골목길에 나왔을 때는 밤 열한 시가 지나 있었다.

"돌아갈 차비는 있어야겠지?"

바텐더가 불쑥 어깨동무를 하더니 잔돈을 돌려주었다.

거실에서 책을 읽다 선잠이 들었다. 책은 이시이 신지의 『보리 밟는 쿠체』였다. 테츠노부가 먼저 읽고 재미있다던 책이다.

시끄러운 발소리에 눈을 떴다.

"이제 오냐?"

테츠노부는 대꾸가 없다. 아키노부 곁을 그대로 지나쳐 부엌으로 간다.

"웃, 추워."

에어컨을 켠 채 내버려 둔 것이 생각나 리모컨으로 그것부터 껐다.

"빌어먹을!"

부엌에서 악쓰는 듯한 소리가 들린다. 뭐지? 무슨 일이람?

테츠노부는 싱크대 앞에 서 있었다. 안경 속 눈이 어둡다.

"빌어먹을!"

다시 한 번, 내뱉듯이 말했다. 아키노부의 눈에 비친 동생의 모습은 짜증내는 어린아이 같았다. 울분, 답답함, 불만, 언짢음.

"말해 봐, 무슨 일이야?"

서로 노려보는 구도가 되었다.

"돈, 뺏겼어."

마미야 형제는 거실에 자리를 잡고, 마음을 진정시키기 위해 아키노부가 고른 카펜터스의 노래—Jambalaya and a crawfish pie and fillet gumbo—를 들으면서, '우롱차 사건'에 대해 한 시간 반가량 이야기를 나눴다(이야기 도중 테츠노부가 "계산대 옆에 오래돼 보이는 프랑스 인형이 놓여 있었어."라고 언급하고, 인형의 표정이며 드레스 색깔이며 머리 모양을 또렷이 묘사했는데, 그것이 형제에게는 그날 밤의 기이함과 으스꽝스러움을 상징하는 것처럼 느껴져, '우롱차 사건'은 별칭 '프랑스 인형 사건'으로도 불리게 되었다).

"지독한 꼴을 당했구나."

"응. 끔찍했어."

"신용카드 분실 신고부터 얼른 해."
"응."
"그래도 무사히 돌아왔으니 다행이다."
"다행이지. 잠옷 차림으로 잠든 형을 봤을 땐, 발끈하면서도 마음이 놓였어."

띄엄띄엄 이야기를 이어가는 동안에도, 테츠노부의 의식 속에는 하얗고 조그마한 얼굴의 시원시원했던 여자가 남아 있었다. 어둑어둑하고 지저분한 가게 한 구석에 우두커니 서 있던 프랑스 인형과 그 모습이 오버랩 되었다.

직접 겪어 보지 않은 형으로서는 그 분위기를 알 리 없지.

각자 방으로 돌아가 잠들 무렵에는, 위기를 헤쳐 나온 자신을 거의 자랑스럽게 여길 만큼 테츠노부는 회복되어 있었다.

토요일. 혼마 나오미는 여동생 유미와 잘 가는 화과자집에서 물양갱을 열 개 샀다. 넷씩이나 몰려가는 것이니만큼 뭐든 사가야지 않겠냐는 생각도 있었지만, 불꽃놀이 뒤에는 물양갱과 차가운 녹차가 제격이라는 것이 자매의 지론이기도 했다.

"이것도."

유미가 막과자를 내민다.

"그런데 말이야. 녹차 같은 게 있을까, 그런 집에?"

나오미가 이야기하는 '마미야 형제'에게 호기심이 동해, 넷이 함께라면 가도 괜찮다고 한 유미였으나, 형제의 인격과 살림살이에는 여전히 의심의 빛을 거두지 못했다.

"녹차 정도는 있겠지."

나오미는 개의치 않는다.

"가자마자 만들어서 차갑게 해 두면 되잖니."

마미야 테츠노부는 불꽃놀이를 하기에 앞서 모두 어울려 츠케멘을 먹으러 가자고 했다. JR역 바로 맞은편에 맛있게 하는 가게가 있다면서. 일곱 시에 맨션에 모여 그곳으로 식사하러 갔다가, 완전히 어두워졌을 무렵에 돌아와 불꽃놀이를 하기로 했다.

"그래도 냉녹차는 제대로 된 가루차가 아니면, 예쁜 녹색이 안 나온단 말이야."

화과자집을 나오고 나서도 그 얘기를 계속하는 유미를 보며, 나오미는 그만 웃음이 나왔다.

"너도 참. 그럼 녹차도 사 가면 되잖아."

남자친구들은 늘 가던 패밀리 레스토랑에서 기다리고 있다. 자매는 한시라도 빨리 자기 남자친구의 얼굴을 보고 싶었지만, 슈퍼마켓에 들러 티백 녹차를 한 상자 샀다.

유미의 남자친구는 여느 때와 다름없이 의자에서 곧 미끄러져 떨어질 것 같은 자세로 앉아 있었다. 라인이 들어간 저지 바지를 한쪽만 무릎까지 걷어붙이고서. 유미가 눈살을 찌푸린다.

"웬일이래, 약속 시간을 다 지키고."

유미는 옆에 바싹 붙어 앉으며 말했다. 윙윙거리는 소리가 들려, 나오미는 아끼는 토트백 바닥을 더듬는다.

"안녕."

동생의 남자친구에게 인사하면서 황급히 전화를 받는다.

"미안. 갑자기 호출이 오는 바람에."

전화상으로 코타는 우선 사과부터 했다. 나오미도 몇 번 만난 적 있는 스키부 선배―지금은 취직해서 사이타마 현에 있는 본가에 살고 있다―가 갑자기 불러냈다는 것이다.

"한 사람도 빠지면 안 된다느니 하면서, 완전 난리도 아냐."

사생활까지 침범하는 대학의 상하관계라는 것을, 나오미는 도무지 이해할 수가 없다. 선약이 있다는 말 한마디 하는 게 뭐 그리 어렵다고.

"정말 왜 그런다니, 구로다 씨는."

선배의 이름을 들먹였지만, 그 사람 탓으로 돌릴 수는 없었다. 어쨌거나 결정한 건 코타다. 테이블 맞은편에서 사태를 감지한 듯한 유미가 어이없다는 얼굴로 천장을 올려다본다.

"미안."

코타는 다시 한 번 사과했다.

"그 형제한테 잘 말해 줘. 유미한테도. 그리고 너무 늦지 않게 들어가고."

"응."

조심하란 말을 덧붙이고 나서, 나오미는 휴대전화를 끊었다.

"말도 안 돼."

유미가 비난의 목소리를 높인다.

"나라면, 자기 남자한테 절대 바람 같은 건 안 맞아."

말을 마친 유미는 티셔츠 목 언저리에 십자가 목걸이를 한 자신의 남자―텅 빈 콜라 잔을 앞에 두고 만화 주간지를 읽고 있는―손을 꽉 움켜쥐었다.

아키노부와 테츠노부는 이번에도 공들여 집 안을 청소했다(특히 테츠노부는 자기 방을 정돈하는 데 온 정성을 기울였다. 지난번에 혼마 나오미가 철도 모형을 보고 싶다기에 보여 주자, 좋아라 손뼉을 치며 "여동생에게도 보여 주고 싶어요."란 말을 했기 때문이다). 식사는 밖에서 할 예정이지만, 스박은 미리 사서 차게 해 두었다. 형제에게는 불꽃놀이 하면 으레 수박이 떠오른다.

"재수 좋네."

유카타로 갈아입고 만반의 준비를 갖추었을 즈음 테츠노부가 빙그레 웃으며 말했다.

"재수가 좋아?"

띠의 느낌이 마음에 들지 않아 몇 번씩 고쳐 매면서 아키노부가 되물었다. 테츠노부의 유카타는 남색의 가는 줄무늬, 아키노부의 유카타는 흰 바탕에 짙은 감색으로 잠자리 무늬가 수놓아져 있다.

"여름 한철 동안 여자들이 두 번이나 놀러 오다니 말이야. 지금까지 있었던가?"

생각할 것도 없이, 아키노부는 "아니."라고 대답했다.

"그렇지?"

테츠노부는 이미 신이 나 있다.

"우리 요즘, 운이 좋은 것 같아."

동생에게 '우롱차 사건'의 후유증이 없어 보여 아키노부는 기뻤다. 만약 자신이 그런 일을 당했다면, 자기혐오의 늪에 빠져 도저히 헤어나지 못했으리라.

"형, 그거, 너무 졸라맨 거 아냐?"

테츠노부가 아키노부에게 다가간다.

"낮춰서 매라고 기모노집 아줌마가 그랬지? 그렇게 올려서 꽉 졸라매니까 모 된장 회사 CF에 나오는 어린애 같잖아."

테츠노부가 띠를 고쳐 매 주고 있는 동안, 아키노부는 진짜 '어린애'처럼 어쩌지 못하고 그저 멋쩍게 서 있었다.

맨 먼저 나타난 손님은 혼마 나오미와 일행 두 사람.

"안녕하세요."

나오미의 밝은 목소리만으로도 아키노부와 테츠노부는 마음이 즐거워졌다. 여자란, 존재하는 자체만으로 집안 분위기를 행복하게 만들어 주는 것 같다.

"와아, 유카타 입으셨네요. 멋져, 멋져."

나오미는 심플한 원피스, 여동생은 퍼프소매 블라우스에 청바지, 뒤에 우두커니 서 있는 젊은 남자는 티셔츠에 저지 바지 차림이다.

―저, 유카타 입고 갈까요?

본인 입으로 그렇게 말한 사실은 까맣게 잊어버린 모양이다. 형제에게 여동생과 그 남자친구를, 여동생과 그 남자친구에게 형제를 각기 소개하고, 화과자 꾸러미를 테츠노부에게 건넨다.

좋았어.

테츠노부는 생각했다. 남자를 데려온 건 나오미의 여동생뿐이다.

"차 좀 만들 수 있을까요?"

여동생의 갑작스런 말에 형제는 잠시 당황했지만 부엌으로 안내했다.

쿠즈하라 요리코를 기다리는 동안, 나오미의 제안으로 실내 투어가 열렸다. 거실 벽을 가득 메운 책들이며, 형제가 힘을 합쳐 완성한 2000피스짜리 직소 퍼즐이며, 복도의 비닐 옷장 안에 겹겹이 쌓아 놓은 게임류 등, 혼마 자매에게는 온갖 것이 재미있는 모양이다.

"형제라도 방 분위기는 전혀 다르네요."

나오미가 말했다.

"예리하네. 전혀 다르지. 취향이랄까, 입맛이 말이야."

테츠노부가 대답하자 아키노부는 속으로 떨떠름한 표정을 짓는다. 여성을 앞에 두고 테츠노부는 말투가 왜 이리 경박해지는 걸까.

형제의 방은 확실히 취향이 다르다. 책장이며 침대, 옷장 따위가 모두 원목 재질인 아키노부의 방은 정갈하고 통풍이 잘된다.

얇은 커튼은 부모님과 살던 집에서 가져온 것으로, 크림색 바탕에 클래식한 그림이 프린트되어 있다.

반면, 테츠노부의 방은 오디오 기기와 철도 도형이 점령하고 있다. 창에는 커튼 대신 블라인드가 내려져 있고, 전체적으로 무기질적인 인상이다. 공간이 좁아서 주로 있는 곳은 침대 위뿐이지 싶다.

"재밌다!"

감탄을 연발하는 것이 이번엔 유미의 역할이었다. 다만 나오미와 달리, 유미의 경우는 말머리에 '으엑' 이, 끄트머리에는 '뭐야, 이게' 가 붙는다. 그러고 나서 마치 강아지가 주인을 돌아보듯 자신의 남자친구를 돌아보며 말한다.

"이것 봐, 되게 잘 만들었지?"

"복고풍이네."

하는 식으로.

말투가 다소 버릇없어 보이지만, 부정적인 말은 한마디도 하지 않는 혼마 유미를 아키노부도 테츠노부도 곧 마음에 들어 하게 되었다. '물론 나오미 정도는 아니지만' 하는 생각을 아키노부가, '아직 젖비린내 나는 애지만' 하는 생각을 테츠노부가 하긴 했어도.

또한 자신들이 생각하기에도 의외였지만, 멍하니 따라다닐 뿐 변변히 입도 떼지 않는,—"뭐라고 말 좀 해봐." 하고, 때때로 유미에게 채근 당하는—팔다리가 긴 열여섯 살 난 남자아이도 형제는 왜 그런지 좋아졌다. 두 여자의 기세에 눌려, 하릴없이 서 있는 모습에 친근감이 생긴 것이다. "아." 혹은 "네.", "저는 괜찮습니다." 하면서 미덥지 못하게 웃을 때 보이는 덧니도 귀엽다.

그래서 조금 지나 쿠즈하라 요리코가 도착했을 때, 다섯 사람은 와자지껄한 웃음소리를 내고 있었다. 요리코는 문 밖에서 그 소리를 들었다. 순간, 되돌아갈까 생각했다. 이미 땅거미가 지고, 가을바람이 근처 집의 저녁밥 짓는 냄새를 실어온다.

요리코는 자신이 고독하다고 여겼다.

문 하나를 사이에 두고, 집 안으로부터 자신이 거부당하고 있는 듯한 느낌. 형제는 분명 선량한 사람들 같아 보인다. 하지만 그 선량함이 요리코를 슬픈 기분에 젖게 한다. 불꽃놀이니 게임이니, 어린애도 아닌데……. 그런 식으로 생각하는 자신은, 애당초 이곳에 오지 말았어야 하지 않을까.

요리코가 한 차례 한숨을 내신다. 이러고 있는 동안에 어느새 땅거미가 짙게 내려앉았다. 교직원 회의에 들어가기 직전처럼 표정을 다잡고 가슴을 폈다. 초인종을 누르고 기다렸다.

"어서 오세요. 다행이다. 늦으시기에, 혹시 길이라도 잃었나 싶었어요."

문이 열리고, 뛰어나온 테츠노부가 급하게 말했다.

"자, 들어오세요. 벌써 모두 와서 마중 나갈까 이야기하고 있던 참입니다."

요리코는 눈앞에 펼쳐진 광경에 깜짝 놀랐다. 마미야 테츠노부가 유카타 차림으로 손님을 맞다니, 누가 상상이나 했을까. 게다가 묘하게 잘 어울린다.

웃으면 안 된다고 생각했지만 웃고 말았다. 멈출 수가 없다.

"쿠즈하라 선생님?"

테츠노부가 멍한 표정으로 서 있다.

"죄송합니다. 너무 잘 어울리네요, 그거."

요리코는 이렇게 말하고, 감상하듯 테츠노부를 바라보았다. 안에서 역시 유카타 차림의 아키노부가 나오고, 요리코는 조금 전까지의 권태로운 기분을 완전히 떨쳐 버렸다. 이 형제는 어쩜 이리 독특할까. 자기 집에서 친구끼리 만나는 소소한 모임에 부러 이런 차림을 하다니.

"요리코 씨!"

딱 한 번 만났을 뿐인데, 혼마 나오미가 마치 옛 친구와 재회라도 한 듯 소리를 높인다.

"나오미!"

의식했을 때는 이미 요리코도 같은 목소리로 말하고 있었다.

"지금부터 산책하러 나갈 참이에요. 츠케멘이라고 아세요? 그걸 먹으러 간다고 해서. 아, 그리고 이쪽은 제 여동생."

"유미라고 합니다."

일행은 좁은 현관에서 뒤엉켜 신을 신고, 방금 요리코가 서 있던 장소로 나왔다.

"배고파."

유미가 말하고,

"많이 먼가요?"

젊은 남자가 묻는다. 운동화 발끝을 바닥에 탁탁 부딪치면서.

똑같은 저녁 어스름과 똑같은 공기. 그런데도 이곳은 방금 전 자기 혼자 서 있던 때와는 다른 풍경, 다른 장소처럼 느껴진다고 요리코는 생각했다.

 마미야 형제는 둘 다, 노래방에 드나드는 여자가 싫었다. 어쩐지 조심성이 없어 보인다. 그러나 정작 자신들은 노래방을 좋아해서, 가끔 나란히 가곤 한다. 둘이서만 부르면 다소 음정이 틀려도 상관없을 것 같았고, 너무 열중한 나머지 괴성 비슷한 소리가 나온대도 수군대는 소리를 들을 염려가 없다.
 "절대 그렇다니까."
 두툼한 노래 책을 뒤적이면서 테츠노부가 단언했다.
 "여기서 못 꼬이면, 두 번씩이나 초대한 의미가 없어."
 맨션 앞길에서, 여섯이 모여 불꽃놀이를 한 지도 벌써 보름이 지나고 있었다. 쿠즈하라 요리코로부터는 정성이 담긴 감사 편지가 왔고, 혼마 자매는 꼭 다시 놀러 오겠다는 약속을 했다.

"즐거웠지."

아키노부가 중얼거린다.

"쿠즈하라 선생도, 카레 파티 때보다 격의 없이 어울렸어."

"그러니까 여기가 승부처라고."

테츠노부는 곡을 선택하면서 그렇게 되뇌었다.

"누구든 결정해서 다가가 보라고."

아키노부는 침묵했다. 누구든 결정하라지만 말처럼 쉽지 않다. 어느 쪽이든 자신의 연인이 되어 준다면야 솔직히 누가 되든 좋았다. 불순한 태도인 줄 알면서도 본심이 그러니 어쩔 수 없다.

두 여자를 따로 놓고 연인이 되었을 때의 모습, 함께 사는 모습을 상상해 본다. 두 사람 모두에게 나름대로 마음이 끌렸다.

"사람이 물러 터져서는."

블루하츠 밴드의 노래를 제법 소화해 내고 있는 테츠노부가, 간주가 흐르는 틈을 타 말했다.

"너한테 그런 말 듣고 싶지 않아."

아키노부는 그렇게 대꾸했다.

마미야 테츠노부의 연애 편력은, 비참하기가 확실히 형보다

한 수 위였다. 데이트뿐 아니라 펜팔 경험도, 맞선 경험도 없다. 어렸을 때는 좋아하는 아이가 있어도 어떻게 다가가야 할지 몰랐다. 중학생 때 양호 선생님을 흠모하여 마음을 고백했으나 상대해 주지 않았다. 고교 시절에는 좋아하는 아이의 뒤를 따라갔다가 치한 취급을 당했다. 그 후 소문이 퍼지는 바람에 맘에도 없는 아이한테서 빤히 쳐다보지 좀 말라는 소리까지 들었다.

대학 입학 후, 갑자기 못 견디게 연인이 갖고 싶어져서—그건 시시한 발정기였다고, 현재의 테츠노부는 생각한다—미팅에도 적극 참여하고 동호회도 여기저기 들고, 그러다 마음에 드는 아이가 있어 다가서면 다가서는 족족 차였다. 대개 첫눈에 반할 때가 많고, 만난 순간 유독 테츠노부에게만 두 사람을 잇는 인연의 고리가 느껴졌다. 테츠노부가 아는 한, 여자란 여럿이 모여 시끌벅적할 때는 명랑하고 상냥함이 느껴지는 좋은 생물이지만, 막상 둘만 남게 되면 갑자기 도망치거나 피해자인 척하거나 화를 낸다. 그런 인간들과는 교제할 수 없다. 절대 사양이다.

이제까지 몇 번이나 그런 생각이 들었는지……. 물론, 그러한 일 전부를 아키노부가 알고 있는 것은 아니다. 하지만 짐작은 할 수 있다.

"우유부단해, 형은."

노래를 마친 테츠노부가 말했다. 뺨은 홍조를 띠고, 목이 조금 쉬어 있다.

"시끄러워."

아키노부가 이렇게 말하고는 마이크를 잡는다.

그러나 속으로는 나오미를 꼬여 볼까 생각 중이었다. 쿠즈하라 요리코에게는 선뜻 다가서기 어려운 면이 확실히 있지만, 나오미에게는 그런 것이 느껴지지 않는다.

불꽃놀이 하던 날 밤에도, 생각 외로 이야기가 활기를 띠었다. 그날 아키노부는 나오미에 대해 몇 가지 사실을 알게 되었다. 어릴 때 불꽃놀이를 하다가 발등을 덴 경험이 있다는 것, 선향꽃불이라 불리는 불꽃놀이를 가장 좋아한다는 것, 고교 시절에 재상영 전문 영화관에서 『양철북』을 본 이후로 영화를 좋아하게 되었다는 것, 그리고 '마미야 씨 댁은 어쩐지 굉장히 마음 편한 곳'으로 생각해 준다는 것. 사실, 그날 밤 네 명의 손님은 전철 막차 시간이 임박할 때까지 형제 집에 머물렀다.

이번에 비디오를 빌리러 가면.

착 가라앉은 목소리로 고바야시 아키라의 노래를 부르면서 아키노부는 생각한다. 이번에 비디오를 빌리러 가면, 아무렇지 않게 데이트를 신청해 보자. 다른 사람은 빼고 나오미와 단 둘이 만난다면 분명 즐거우리라.

혼마 나오미의 마[間]가 마미야의 마[間]와 같다는 것이, 어쩌면 운명 같은 것인지도 모른다고 생각했다.

가을은 쿠즈하라 요리코가 좋아하는 계절이다. 긴소매 셔츠의 산뜻한 감촉이 기분 좋다. 타이츠에 가죽구두를 맞춰 신으면 발걸음도 힘 있고 등줄기가 꼿꼿이 펴지는 느낌이 든다. 샌들 바람으로 교실에 들어가는 교사도 많지만, 요리코는 그런 것을 좋아하지 않는다. 결코 교직을 신성시할 생각은 없지만, 그래도 칠칠치 못한 모습은 싫다.

오늘은 보일러실에 업자가 와 있다. 마미야 테츠노부는 그 일로 바빠 보인다. 이렇게 선선하고 흐린 날인데도, 점심시간에 만났을 때 보니 티셔츠에 커다란 땀 얼룩이 져 있었다.

학교에서의 마미야 테츠노부는 붙임성은 없지만 근면한 사람이다. 요리코만 해도 칠판 지우개 손잡이가 떨어져 나갔다든지, 바닥에 붙은 껌이 떨어지지 않는다든지 하는 자질구레한 일로 본의 아니게 그를 성가시게 한다.

"집에서는 영 흐리터분한데요."

아키노부는 그렇게 말했었다.

요리코의 눈에는 형제가 어쩐지 세속적인 것과는 거리가 먼 사람들처럼 비친다. 검소하면서도 즐겁고 충만해 보인다. 분명, 색정이니 연애 따위에는 흥미도 집착도 없을 테지. 그런 식으로 살아간다면 얼마나 상쾌할까.

"막다른 사랑, 그 후로 어떻게 됐나요?"

그날 밤 베란다에서 담배를 피우는 사이, 혼마 나오미에게 그런 질문을 받았다.

"끝냈어."

의도한 것은 아니지만 평소보다 낮은 목소리가 나왔다. 그리고 이전에 나오미와 만났을 때는 아직 그것을 소유하고 있었지, 라는 생각이 새삼 들었다. 막다르건 어쨌건, 사랑이라 불리는 것을.

"에엣?"

나오미는 괴상한 소리를 냈다.

"헤어져 버린 거예요?"

그 소리가 비위에 거슬렸다. 자기가 헤어진 것도 아닌데, 애석한 표정을 지어 보인 것도.

"나오미는 누군가와 이별한 적, 있어?"

나오미는 고개를 설레설레 흔들었다. 마치, 부정하면 그것을 피해 살아갈 수 있다고 여기기라도 하는 듯이.

"그럼 전부, 이제부터 하지 않으면 안 되겠네."

요리코가 미소 지으며 말했다.

"되게 기분 나쁜 여자잖아."

그날 밤, 집에 도착하기 무섭게 혼마 유미가 언니에게 그렇게 말한 것을, 쿠즈하라 요리코는 물론 알지 못한다.

"처음부터 느낌이 별로였다니까. 형제의 유카타 차림을 보고 웃기나 하고 말이야. 완전히 한물갔던걸. 언니한테 질투하는 것 아냐?"

2층으로 올라가는 계단에 가방만 내려놓고 거실로 직행한다. 자매의 부모님은 일찍 잠자리에 들기 때문에 집안은 고요하다.

"질투를 왜 해?"

이렇게 되묻기는 했지만, 나오미의 의식은 다른 곳에 맞춰져 있었다. '그럼 전부, 이제부터 하지 않으면 안 되겠네.'

"그 형제가 언니만 떠받드니까. 척 보면 알잖아, 그런 거."

유미는 부엌에서 손을 씻고 냉장고를 연다.

"아, 목말라. 그 녹차, 별로 맛없었지?"

언젠가 코타와 헤어질 날이 올지도 모른다. 코타에게 내가 그다지 비중 있는 존재는 아니지 않을까 하는 마음이 어렴풋이 들었다.

너무 늦지 않게 들어가.

못 오게 되었다는 연락 말미에 그런 말을 들었을 때는 기뻤지만, 동시에 은근히 반발심도 생겼다. 자기는 날이 샐 때까지 먹고 마시고 떠드는 주제에, 나한테만 일찍 들어가라는 건 말이 안 된다.

"언니도 마실래?"

유미가 사이다 병을 들어 보이며 촉촉한 목소리로 묻는다.

"됐어. 그렇게 단 것만 마시다간 살찐다."

쿠쿡. 유미가 유쾌하게 웃는다. 근거는 없지만, 필시 살찌지 않을 자신이 있는 게다. 게다가, 절반은 어이없고 절반은 부러운 마음으로 나오미는 생각한다. 게다가, 살이 쪄도 '자신의 남자'로 하여금 그런 모습을 좋아하게 만들 자신이, 이 아이에겐 있는지도 모른다.

10월에 접어들자 연일 비가 내렸다.

아키노부는 오래간만에 바빠져, 공장이며 와이너리에 출장가는 일이 잦아졌다. 아키노부는 출장을 싫어하지 않는다. '현장'에 가면 늘 무언가를 발견할 수 있어 좋았다. 최신 기술과 빈틈없는 위생관리, 병이며 캔으로 가득 찬 방대한 양의 자사 제품을 보는 것만으로도 변함없이 가슴이 벅차오른다. 공장장이니 관리 책임자니 하는 사람들이 마련한 술자리에 매일 밤 끌려 다니는 데는 두 손 들었지만, 호의를 가지고 자신을 맞아 주는 것이라―그들 자신이 마시고 싶어서라는 구실도 있다지만―생각하면 마냥 괴롭지만은 않다.

자기 전에는 반드시 테츠노부에게 전화를 건다. 집을 비우는 것이 걱정되기도 하고, "여기 좋은 데야. 생선이 되게 맛있어." "아무리 자동화라고는 해도, 역시 인간의 솜씨가 좌우하는 거지."라는 식으로 현장에서 느낀 점을 말로 하면, 기분도 정리되고 마음이 차분해진다. 동생에게는 별 관심 없는 화제인 줄 알지만, 때로는 기술자의 이름까지 구체적으로 들어가며 "그 사람이 많은 의지가 되고 있어."라고 역설하기도 한다. 작은 비즈니스호텔의 담배 냄새 밴 방 안에서.

대개 욕조에 더운물을 받으면서 통화를 하기 때문에 물소리가 난다. 베갯머리에는 아키노부가 출장 때마다 반드시 지참하는 수면 안대와 구강 청정제가 나란히 놓여 있다.

때문에 전화벨이 울렸을 때, 테츠노부는 틀림없이 아키노부일 거라고 생각했다. 시간은 아홉 시 반으로 여느 때보다 빨랐지만, 뭐 이런 날도 있는 거지, 하면서.

"마미야 씨?"

낯선 여자의 목소리였다. 테츠노부는 커피우유를 마시면서 책을 읽고 있던 참이었고—어쨌든 독서의 계절, 가을이다. 학교 복도에도 책 위에 흩어진 낙엽 그림이 그려진 '독서주간' 포스터가 붙어 있다—제목은 앤서니 도어의 『셸 콜렉터』였다.

"네."

대답하자, 상대는 안도의 한숨을 내쉬었다.

"다행이다. 저, 사오리예요. 이런 시간에 불쑥, 죄송합니다. 하지만 좀 급해서."

지금 근처에 와 있다며, 상점가 안의 찻집 겸 스낵바인 듯싶은 가게의 이름을 댔다.

"사오리?"

기억을 되살려 본다.

"네, 오오가키 사오리예요. 겐타 씨에게 전할 물건이 있어서."

"아아!"

그제야 알아차렸다. 오오가키라면, 허구한 날 아키노부에게 술을 퍼 먹여 취하게 만드는 문제의 아저씨다.

"저는, 동생인데요."

테츠노부가 말했다.

"아키노부 형은 지금 출장 중이라서 내일쯤 돌아옵니다만."

침묵이 흘렀다. 테츠노부는 커피우유를 홀짝였다.

"저······."

조심스럽게 입을 열었다.

"뭣하면 제가 받으러 갈까요? 전할 물건이라는 거."

말하면서, 오오가키 사오리가 대체 누구일까 의아스러웠다. 오오가키 겐타의 아내라면, 왜 직접 전하지 않는 걸까. 그게 무엇이든 간에.

"하지만······."

상대는 망설이고 있었다.

"아니, 저야 뭐 어떻든 상관없지만, 급하다고 하시니까."

그럴 생각은 아니었는데, 질책하는 듯한 말투가 되었다.

"죄송합니다."

사과를 받자, 테츠노부는 아무 이유도 없이 동요했다.

"그럼, 잠시 나오실 수 있는지요. 제가 개를 두그 나와서요."

개? 무슨 말인지 이해가 되지 않았다.

"괜찮습니다. 나가겠습니다. 곧 갈게요."

테츠노부는 대답했다. 상대의 목소리에서 전해지는 긴박한 기운이 수화기를 통해 집 안으로 스며드는 것 같았다. 그래서 마음이 급해졌다. 이 밤에 불쑥 형을 찾아온 여자에 대한 흥미까지 더해져서.

　2박 3일의 출장을 마치고 돌아와 보니, 청천벽력과도 같은 사태가 아키노부를 기다리고 있었다. 우선, 화가 난 테츠노부가 그것이었다.
　"바람피운 남자 편을 들다니, 어떻게 된 거야?"
　출장지의 특산물인 은어 모양 과자는 거들떠보지도 않고, 테츠노부는 몹시 흥분하여 말했다.
　"이야기를 들어 보니 기가 막히더군. 형편없어. 그런 일에 형을 이용하려 드는 오오가키란 녀석도, 호락호락 이용당하는 형도. 애당초, 남의 부부 일이잖아?"
　어젯밤, 호텔에서 전화했을 때 테츠노부는 집을 비운 상태였다. 오오가키 사오리를 만나느라 그랬다는 것은 알게 되었지만, 그렇다면 그 '남의 부부' 일에 테츠노부가 왜 이렇게까지 격분하는지, 아키노부로서는 도무지 이해가 가지 않았다.

테츠노부는 사오리한테서, 오오가키 겐타 앞으로 보내는 편지와 종이 꾸러미를 받아 왔다고 했다. 종이 꾸러미는 마스킹 테이프로 봉해져 있어서 안이 보이지 않지만, 사오리가 사진이라고 설명한 모양이다.

"진정해. 왜 그렇게 화를 내는데?"

거실에 우유팩이며 퍼즐 잡지, 과자 봉지들이 나뒹군다.

"형이 물러 터졌으니까 그렇지. 부부를 뭣 때문에 떼어 놓으려는 거야? 이상하잖아."

이상한 건 테츠노부 쪽이라고 아키노부는 생각했다.

"떼어 놓다니? 내가 왜 그런 짓을 하냐."

쓰레기를 주워, 부엌 쓰레기통에 분류해 넣으면서 말했다. 오후 여덟 시. 아키노부는 피곤하고 배도 고팠다.

"물러 터졌으니까."

테츠노부는 물러서지 않았다.

"진정하라니까. 헤어지려고 하는 건 오오가키 씨지, 딱히 내가 그렇게 만들려는 게 아니야."

"당연하지!"

이제는 거의 사라지고 없을 종족인 '옹고집 영감' 처럼, 테츠노부는 서슬이 퍼래 가지고 호통을 쳤다.

"왜 그 일을 형이 거들어 주냐고 묻고 있잖아. 신세를 졌는지 어쨌는지 몰라도, 어째서 형이 그 바람둥이 편을 드냐고 묻는 거잖아."

편들어 준 적 없다고 대답한 후 입을 다문 이유가 동생의 서슬에 눌렸기 때문은 아니다.

왜 돕느냐고? 오오가키 겐타에게 부탁 받았으니까. 오오가키 겐타를 좋아해서, 오오가키 겐타를 신용하기 때문에, 라고 대답해 봤자 테츠노부에게는 통하지 않으리란 것을 알고 있었다.

"너야말로 왜 그렇게 발끈하는데?"

아키노부는 아직 양복도 벗지 않은 상태다. 넥타이를 풀고 양말을 벗는다.

"목욕, 지금 되니?"

묻기만 했는데, 테츠노부가 또 고함을 질렀다.

"내 알 바 아니라고. 난, 형 마누라가 아니라니까."

아키노부는 테츠노부가 오늘따라 유난히 '발끈해 있다' 는 것은 알았지만, 오오가키 사오리가 테츠노부에게 남긴 깊고 강한 인상까지는 알 도리가 없었다.

그 후 일주일 가까이 말도 없이 침울하게 지내는 테츠노부를 보면서도, 설마 그런 일인 줄은 짐작도 하지 못했다. 아키노부에게는 아키노부대로 생각해야 될 일이 있었으니, 그것은 물론 나오미에 관한 것이었다.

이제까지와 같은 파티 형식이 아니라 둘이서만 교제하고 싶었다.

자신의 마음을 고백할 수단으로 편지가 우선 떠올랐다. 상대를 마주하면 긴장되어 하고 싶은 말의 반도 못 꺼내는 일이 허다한 아키노부지만, 편지라면 그럴 염려는 없다. 그러나 한편으로 편지는 요즘 유행이 아닌 듯싶기도 했다. 유행 지난 방법을 쓰면 어떤 반응을 보일까도 알 수 없었고……. 편지 쪽이 오히려 거절당하기 쉬울 것도 같다. 그것만은 결단코 피하고 싶었다.

10월의 찬비가 내리는 날, 아키노부는 퇴근길에 비디오 대여점에 들러 나오미에게 직접 데이트를 신청하기로 했다. 비는 좋은 징조라는 생각이 들었다. 처음 그녀에게 집에 놀러 오지 않겠냐고 말을 꺼낸 날 역시, 비가 내리고 있었으니까.

"아! 안녕하세요."

가게에 들어서자, 바로 알아차린 나오미의 얼굴에 미소가 떠올랐다. 아키노부의 다리에서 힘을 빼고, 마음에 힘을 주는 미소다.

"안녕."

대답에 이어, 자신은 이제 괴상한 손님은 아니라는 기쁨이 솟구쳤다. 이 비디오 대여점의 냄새를 아키노부는 좋아한다. 책방과 슈퍼마켓을 섞어 놓은 듯한 냄새 같았다. 온통 새하얗기만 한 불빛도, 그늘이 없어서 어쩐지 안심이 된다.

클립보드를 손에 들고 진열장을 체크하고 있는 혼마 나오미에게 곧장 다가갔다. 오늘은 비디오테이프를 빌리지 않을 생각이다. 다른 일을 구실 삼아 청하는 것이 아니라, 확실하게 의사를 밝힐 작정이다.

"저기……."

똑똑치 않은 목소리가 나왔다. 갑자기 자신의 외모며 옷차림이 볼품없게 느껴졌다.

"이번에, 어딘가 둘이서, 안 될까요?"

더 이상 물러나려야 물러날 수 없어, 작은 목소리로 그렇게 말했다.

"네?"

나오미가 되묻고, 못 알아들었나 보다 하고 아키노부가 생각

한 다음 순간,

"어딘가 둘이서?"

라고 주저 없이 되뇌며 나오미는 진열장 쪽을 보았다. 영화 제목으로 오해했음을 깨닫고, 아키노부는 당황한 나머지 대담하게 입을 놀려 버렸다.

"아니, 나하고 말이야."

나오미의 얼굴에 이내 놀란 표정이, 이어서 곤혹스러운 표정이 떠올랐다. 금세 어두워진 나오미의 얼굴에서 곤혹스럽다기보다 서글픔 같은 것이 느껴졌다.

"죄송해요."

나오미의 입에서 그 말이 나오기 조금 앞서, 아키노부는 자신이 그런 말을 듣게 될 줄 알았다.

"저, 그러니까, 좋아하는 사람이 있어요. 실은 지난번에도 그 사람이랑 같이 찾아뵈려고 테츠노부 씨한테 말씀 드렸던 건데……. 그날 그 사람한테 일이 생기는 바람에."

충격이었다. 믿을 수 없었다. 테츠노부. 마음속으로 혼신의 힘을 다해 저주했다.

"그러니까 아키노부 씨와 단 둘이서는……. 뭐랄까, 아니라고 생각합니다."

나오미의 말이 아키노부의 귀를 타고 흐른다.

"죄송합니다."

거듭 사과하는 나오미에게, 그래도 간신히 약하디약한 웃음을 보이며 한 손을 들었다. 제 딴에는 '괜찮다'는 신호였지만, 작별 인사라도 하듯 얼빠진 몸짓이었는지도 모른다.

차마 말이 나오지 않았다. 우산꽂이에 세워 둔 비닐우산을 집어 들고 빗속으로 나갔다.

"테츠노부!"

복도에 들어서기가 무섭게 소리쳤다. 스스로도 자기 목소리라고 믿어지지 않을 만큼 노여움에 찬 굵은 목소리였다.

테츠노부는 자기 방에서 음악을 듣고 있었다. 아키노부로서는 뭐가 좋은지 알 수 없는, 악기 소리만 두드러지는 영국 그룹의 곡이다.

"테츠노부!"

방문을 열고, 침대에 엎드려 있는 동생의 발목을 잡아 끌어당겼다.

"뭐야?"

불의의 기습이었다. 하지만 테츠노부는 무거운 몸을 의외로

마미야 형제 169

재빨리 일으켜 양손으로 지탱하고, 바닥으로 끌어내려지기 직전에 발로 뿌리쳐 형의 손아귀에서 빠져나왔다.

"놀랬잖아. 뭐야?"

요 며칠 계속 그렇듯이 언짢은 목소리로 말했다.

"나오미한테 좋아하는 남자가 있다는 거 알고 있었어?"

완력을 쓴 탓에 어깨를 들썩거리며 아키노부가 힐문했다.

"몰라."

테츠노부는 대답했지만, 앵돌아진 듯한 그 말투에 진실성은 없었다.

"남자친구가 있다는 소리는 확실히 들었어. 하지만 그 녀석을 정말로 좋아하는지 어떤지는 모르는 거잖아."

변명처럼 덧붙인다.

"왜 말 안 했어?"

동생을 쏘아보면서 아키노부가 물었다. 화를 억누를수록 숨이 답답해지고 얼굴이 달아오른다.

"어째서 말 안 했냐고?"

다시 한 번 물었다. 울분을 풀 길이 없고, 후회스럽고, 비참하고, 게다가 지독하게 애달팠다.

"덕분에 나오미를 곤란하게 만들어 버렸어. 내 꼴 우습게 된 거야 말할 것도 없고."

테츠노부의 얼굴에 일순 염려의 빛이 떠오른다.

"차인 거야?"

아키노부는 대답하지 않았다. 갑자기 테츠노부의 얼굴에 언짢은 기색이 돌아왔다. 정말이지, 오늘 밤은 제트코스터처럼 놀라는 일의 연속이다. 아키노부에게는.

"그럼, 쿠즈하라 선생으로 정하면 되겠네."

테츠노부의 말에 아키노부는 눈이 휘둥그레지다 못해 눈꺼풀에 경련이 일 정도였다.

"지금 뭐라고 했냐?"

"그렇잖아. 형한테는 별 차이 없는 일 아니냐고."

박치기라도 한 방 먹이지 못했던 것은, 테츠노부가 울상을 짓고 있었기 때문이다. 울먹이며 허세를 부리는, 고집불통 어린애 같은 얼굴.

아키노부야말로 울고 싶은 심정이다.

"뭐야. 뭐가 불만인데?"

음악 소리에 머리까지 지끈거린다. 테츠노부는 대답하지 않았다.

"무슨 일이야? 내가 출장 다녀온 이후부터 너, 이상하다고."

마침 눈에 띈 리모컨으로 CD를 멈추고, 아키노부는 말없이 서서 대답을 요구했다.

"난 형하곤 달라."

테츠노부가 도전하듯 아키노부를 응시하고 있다.

"난 누군가를 좋아하게 되면, 그 여자밖에 안 봐."

테츠노부가 무슨 말을 하려는 건지 아키노부는 잘 모른다. 모르지만, 기백 같은 것이 느껴지기는 했다. 음악이 중단된 방 안에 갑자기 무거운 침묵이 흐른다.

"바람 따위 절대 안 피워."

오오가키 겐타 이야기인가? 아키노부는 생각했다. 이 녀석, 오오가키 겐타에게 화를 내고 있는 건가?

"난 그 여자밖에 보지 않으니까."

마지막은 혼잣말처럼 들렸다. 테츠노부는 이미 아키노부를 응시하고 있지 않았다. 느릿느릿 움직여 고쳐 앉더니, 최후의 일격을 날린다.

"말해 두지 않으면 화낼지 몰라서 하는 말인데, 불꽃놀이 이후로 혼마 유미가 계속 따라다니고 있어. 하지만 난 그 애한테 흥미 없고, 물론 그 애 언니한테도 흥미 없어."

에에엑—. 아키노부는 마음속으로 비명을 질렀다. 다시 한 번 말해 달라고 하고 싶었다.

"유미가 널 따라다닌다고?"

대신 그렇게 물었다. 테츠노부가 고개를 끄덕였다.

"잠깐만. 정리 좀 하고."

낭패감에 마음을 가라앉히려고 머리카락을—7대 3 가르마의 7쪽을—손가락으로 빗는 아키노부를 보며, 테츠노부가 히죽 웃는다.

"마실 거 가져올까?"

아키노부가 '어, 부탁해.'라고 대답했다.

"정리하자면……."

자리를 거실로 옮겼다. 아키노부는 비에 젖은 양복을 벗고 편안한 옷으로 갈아입었다. 그는 테츠노부가 가져다준 캔 맥주를 마시면서, 캔 맥주는 신뢰할 수 있다고 생각했다. 이런 때조차도 성실하게 맛있다.

"난 오늘 나오미에게 차였어."

테츠노부가 고개를 끄덕였다.

"그건 나오미에게 남자친구가 있고, 그 사실을 네가 숨겼기 때문이지."

반론하려는 테츠노부를 제지했다.

"됐으니까 들어. 정리하는 거니까."

테츠노부는 마지못해 고개를 끄덕이고, 커피우유를 한 모금 마신다.

"지난번부터 넌 나한테 화를 내고 있어. 그건 네가, 내가 오오가키 씨의 이혼을 돕고 있다고 단단히 믿고 있기 때문이지."

테츠노부의 눈에 다시 어두운 분노의 빛이 떠오르는 것을 아키노부는 놓치지 않았다.

"넌 오오가키 씨와 만난 적도 없으면서, 오오가키 씨한테 화를 내고 있어."

왜냐고 묻고 싶었지만 참았다. 말을 일단 끊고, 맥주를 한 모금 마신다.

"넌 유미한테 쫓겨 다니고 있어."

언제부터냐고 묻고 싶었지만 참았다. 언제부터, 어떤 식으로, 그리고 어째서냐고.

"하지만 넌, 그 아이한테 흥미가 없어. 그건 네가 누군가를 좋아하게 되면 다른 여자는 보지 않기 때문이야."

테츠노부가 고개를 끄덕였다.

"오오가키 사오리냐?"

뚱하니, 테츠노부가 다시 고개를 끄덕였다.

깊고 강하게 빛나는 인상.

실제로 테츠노부는 그날 밤 이후, 오오가키 사오리의 모습을 머릿속에서 지우지 못하고 있다.

맨션에서부터 걸어서 15분. 사오리가 기다리고 있는 가게에 테츠노부는 그때까지 한 번도 발을 들여놓은 적이 없었다. 그럼에도 가게에 들어서자마자, 바로 사오리를 알아볼 수 있었던 것은 그녀가 그 장소와 전혀 어울리지 않았기 때문이다. 입구 옆에 열대어 수조가 있고, 벽에는 수영복 차림에 맥주 조끼를 든 여성의 낡은 포스터가 붙은, 그 근방에서 밤에도 문을 여는 유일한 찻집 겸 스낵바.

"마미야 씨세요?"

굳이 의자에서 일어나면서까지 묻는 사오리는, 태도나 서 있는 모습이 지나치게 예의 바른 여자였다. 속옷까지 다려 입을 법한, 깍듯한 느낌을 받았다. 긴장하는 것 같기도 하고, 주위와 융화되지 못한다기보다 고집스럽게 섞이지 않으려는 것처럼 보이기도 했다. 평소 밤 외출이라곤 해 본 적 없는 사람인지도 모른다고 테츠노부는 생각했다. 내가 남편이라면 밖에는 내보내지 않을 것이란 생각도.

"처음 뵙겠습니다. 오오가키 사오리라고 합니다. 갑작스럽게 불러내는 꼴이 돼 버려 죄송합니다. 그것도 아키노부 씨가 아니라 동생 분을."

아키노부 씨는, 하고 의자에 다시 앉은 사오리가 밝은 목소리로 말을 이었다. 그녀는 침묵을 두려워하는 듯했다.

"아키노부 씨는 몇 번 뵌 적이 있어서 무척 좋은 분이구나 싶었어요. 겐타 씨도 늘 신세를 지고 있고요."

그녀가 옆에 놓인 쇼핑백에서 사방 15센티미터 정도 되는 종이 꾸러미와 편지를 꺼냈다.

"저……."

다시 사오리가 말을 꺼냈다. 테츠노부가 입을 다물고 있었기 때문이다.

"이거거든요, 전할 물건이란 것이. 편지와 사진들인데, 건네주기만 하면 겐타 씨도 알 거예요. 물론, 위험한 물건이라든지 일부러 괴롭히려는 건 아니에요."

테츠노부가 대답하지 않은 이유는 사오리에게 넋이 나가 있었기 때문이다. 여위긴 했지만 깡마르지는 않았다. 가볍게 화장한 얼굴에는 고독의 빛이 짙었다. 그늘이 있는 여자. 『세브린느』의 드뇌브처럼. 가늘면서도 억센 느낌이 나는 손가락에 금빛 결혼반지를 끼고 있었다. 형을 찾아온 여자. 오오가키 겐타의 아내일까.

"저……."

이번엔 테츠노부가 입을 열었다.

"직접 건네지 않으시고, 왜?"

사오리는 짙은 눈썹을 내리깔며 조용히 미소 지었다.

"그 사람이 들어오지 않으니까요. 어디서 지내는지도 모르고, 무턱대고 회사로 찾아가는 건 좋지 않다는 생각이 들어서요."

쓸쓸한 미소를 머금은 채 차분한 어조로 말했다.

"집을 나가 버린 겁니까? 그쪽을 두고? 어째서?"

자신이 테이블 위로 몸을 내밀고 있다는 것을, 테츠노부는 깨닫지 못했다. 그 바람에 사오리가 상체를 뒤로 물리느라 거의 벽에 붙을 지경이 되었다는 것도.

"그런 거, 저는 옳지 않다고 생각합니다. 절대 옳지 않아요. 왜냐하면 결혼한 거잖아요?"

순간 침묵이 찾아왔으나, 곧이어 사오리가 나직이 웃었다.

"네에."

웃으면서 분명히 대답했다.

"저도 옳지 않다고 생각해요."

두 사람 다 커피는 이미 마셨다.

테이블 위, 핫케이크 사진이 딸린 작은 플레이트가 눈에 들어왔다. 테츠노부가 느닷없이 말했다.

"이거, 안 드실래요?"

핫케이크를 좋아하기도 했지만, 그보다 사오리에게 무언가 먹이고 싶었다. 물론 자신이 살 생각이었다.

"아뇨."

놀란 얼굴로 사오리가 말했다.

"괜찮습니다. 저, 배도 고프지 않고, 그만 돌아가 봐야 하거든요. 개를 두고 나와서."

짐을 손에 들고 일어나려 했다.

"뭐라도 좀 먹는 게 좋아요. 절대로 좋습니다. 남겨도 상관없으니까. 달고 따끈한 게 좋아요. 절대로 좋다니까요."

가게를 나온 후에도 사오리는 여전히 쿡쿡 웃고 있었다. 핫케이크는 먹지 않았다. 테츠노부는 억지로 주문하려 했지만, 그건 오후 여덟 시까지만 되는 메뉴였다.

"가게에 처음 들어오셨을 때는, 아키노부 씨와 별로 닮지 않으셨구나 생각했는데."

역까지 걸어가는 길에 사오리가 말했다.

"그런데 닮으셨네요. 상냥하고, 매사에 열심이시고."

테츠노부는 일말의 서운함을 느꼈다. 사오리는 자신보다 아키노부와 친한 것이다.

"나와 주셔서 정말 고맙습니다. 아키노부 씨에게도 말씀 좀 잘해 주세요. 요전번에 모처럼 와 주셨는데 일이 이상하게 돼 버려서요."

역에 도착하자 사오리는 그렇게 말하고 차표를 샀다. 테츠노부는 그저 나무인형처럼 멀뚱히 서서 배웅하는 수밖에 없었다. 뻔히 눈에 익은 개찰구며 플랫폼, 건널목, 상점들이 모두 낯설어 보였다.

"그이 곁에 아키노부 씨가 있어 주어서 다행이라고, 저, 줄곧 생각했어요."

 헤어지기 전, 망설이듯 이야기한 사오리의 옆얼굴을 잊을 수가 없다.

 "그이는 회사에서 아키노부 씨를 만날 수 있었지만, 좋아하는 여자도 만났어요. 전 집에 남겨져 버렸죠. 하지만 그렇기 때문에 더, 언젠가는 그이도 돌아올 거라 생각해요. 왜냐하면 집이란 그런 거잖아요?"

 그것은 절대 나약한 소리가 아니었다.

 고독하지만 어딘가 밝은, 이성적인 말이었다고 테츠노부는 생각했다.

 "고무 캐터펄트, 쓸래?"

 아키노부가 말을 걸었다.

 밤 시간 공원에, 형제 말고 사람 그림자는 없다.

 "필요 없어."

 두 사람은 지금, 테츠노부가 만든 종이비행기—화이트윙스 발사 타입의 세 종류—의 비행 상태를 시험하고 있는 중이다. 그네, 미끄럼틀, 철봉. 형제에게 어렸을 때부터 친숙한 놀이 기구가 있는 근처 공원에서.

"피시가 제일 잘 나는걸."

아키노부가 말했다.

"그래?"

피시란, 스카이피시 II (화이트윙스 발사 모델 시리즈 중 하나. 다른 것과 달리 수직꼬리가 아래에 붙어 있어, 실루엣이 하늘을 나는 물고기와 비슷하다고 함_옮긴이)를 말한다. 셋 중, 모양이 가장 심플하다.

종이비행기를 날리는 것은 으레 밤 시간으로 정해져 있다. 남의 주목을 받는 게 창피하다는 것이 가장 큰 이유이긴 하지만, 밤에 날리면 종이의 흰색이 긴박감을 주기 때문이기도 하다. 바람을 뚫고 나가, 밑에서 위로 두둥실.

고무 캐터펄트―나무 봉 끝에 고무줄을 동여맨 것―를 이용하여 날리면 더 높이 오래 날지만, 테츠노부는 손으로 날리는 쪽을 선호한다. 이 일에 관해서는 아키노부보다 월등히 낫다는 자부심도 있다. 바람의 방향과 직각으로 기체를 밀어내듯이, 주의 깊게, 그러나 망설임 없이. 마지막에 팔을 한껏 뻗을 때가 중요하다. 손을 뗀 순간, 종이비행기가 마치 의지를 가진 양 위로 쭉 뻗어 오르는 모습이 테츠노부는 보기 좋았다.

"컵―레이서 스카이 컵. 역시 화이트윙스 발사 모델 시리즈 중 하나―도 좋은데."

조심스럽게 말해 본다. 가로등 주위를 날벌레들이 가득 떠다니고 있다.

미처 몰랐다.
비행기를 날리면서, 아키노부는 생각했다. 오오가키 부부의 분쟁과 혼마 나오미에게 마음을 전하는 일 따위에 정신이 팔려, 테츠노부의 변화를 눈치 채지 못했다.
변화. 그것이 틀림없다. 테츠노부는 어느 날 갑자기 사랑에 빠진다. 말이 없어지고 기분이 언짢아진다. 멀리서 상대를 생각하려 드는 아키노부와 달리, 테츠노부는 돌진한다. 말 없이, 언짢은 그대로 돌진하기 때문에 주위 사람은 무슨 일이 일어났는지 이해하지 못한다. 상대방 여성조차 이해 못하지 않을까.
더구나 모순되어 있다.
아키노부는 속으로 쓴웃음 섞인 한숨을 내쉰다. 테츠노부는 오오가키 겐타에게 화를 내고 있다. 이혼해서는 안 된다고 생각하는 눈치다. 테츠노부가 사오리에게 특별한 감정을 품고 있다면, 그것 또한 모순 아닐까.
게다가 유미 일이 있다. 사실일까. 테츠노부가 유미에게 쫓겨 다녀? 아키노부로서는 믿기 힘든 일이었다. 자기 형제 어느 쪽에든, 여고생이 호감을 갖는다는 것은.

사춘기 특유의, 성인 남자에 대한 동경이란 걸까. 아니면 뭔가 다른 속셈이 있는 걸까. 나오미는 알고 있을까.

"공원, 오래간만이지?"

테츠노부가 말했다.

"응. 요즘 바빴으니까."

밤의 공원은, 성인이 되고 난 후 형제의 놀이터였다. 종이비행기를 날리는 것뿐만 아니라 캐치볼도 한다. 운동은 잘 못하지만, 둘 다 캐치볼은 자신 있다고 생각한다. 언젠가 연인이나 아내가 생기면, 넷이 함께 밤의 공원에서 놀고 싶다는 생각도 했다. 말로 하자니 기이한 느낌이 들어서, 어느 누구도 입 밖에 낸 적은 없지만.

도쿄의 하늘은 밤에도 밝다. 구름의 모양이 보일 정도로.

사진 다발을 앞에 두고, 오오가키 겐타는 우울해하고 있다. 사오리의 생각을 통 알 수가 없었다. 사진 속 인물은 전부 겐타와 사오리. 연애 시절 사진을 비롯하여 결혼식, 여행지, 이전에 살았던 맨션에서 찍은 스냅 사진, 겐타가 장난치듯 찍은 사오리의 요리 사진이며, 목욕 중인 사오리의 사진까지 있었다. 욕조 안의 그녀는 카메라를 알아채고 웃는 얼굴이지만, 항의하는 목소리를 내고 있었다. 그리고 개들 사진. 감상적이라고 겐타는 생각했다. 이런 건 지독하게 감상적이다.

편지에는 여전히 헤어질 의사가 없다는 글이 적혀 있었다. 말 붙일 여지없는 남남처럼 서먹서먹한 문장의 편지.

겐타는 한숨을 내쉬었다.

"치워 줘."

안자이 미요코가 낮은 목소리로 말하고, 겐타에게 술잔을 건넨다. 스카치 언더록이다. 미요코는 차이나풍 잠옷을 입고 있다. 처음 만났을 때부터 변함없이, 그녀가 좋아하는 실내복. 오십 가까운 나이까지 일하고, 도심의 맨션 최상층 방과 값비싼 물품, 게다가 아무에게도 방해받지 않는 조용한 생활을 손에 넣은 이 여자를 오오가키 겐타는 사랑하고 있다.

"어째서 여기에 그런 걸 가져오는데?"

미요코의 목소리는, 어딘지 모르게 유쾌한 것도 같다. 불평할 때조차 온화하고 여유 있는 그 목소리를 겐타는 좋아한다.

"미안."

위스키에 입을 대고 순순히 사과했다.

"어떻게 해야 좋을지 모르겠어서."

"나하곤 관계없는 일이야."

미요코는 두 눈썹을 치켜세우고 말했다.

"알고 있어. 하지만 미요코에게 숨기는 짓은 하고 싶지 않아서. 내 이혼 제안에 대해, 그 사람이 어떤 태도를 보이는지 알고 싶을 것 같았거든."

겐타는 옆에서 안자이 미요코가 미소 짓고 있다는 것을 알았다. 보지 않아도 아는 것이다. 공기가 화사하게 풀린다.

"기뻐."

목소리에 이어, 두 손이 얼굴을 끌어당긴다. 입술에 부드러운 입술이 포개진다. 회사 안에서의 미요코한테서는 상상도 할 수 없는 달콤한 입술.

"빨리 이혼이 성립되면 좋을 텐데."

키스 후에 그렇게 말한 미요코의 목소리에 설핏 쓸쓸함 비슷한 것이 묻어났다.

"알고 있어."

겐타는 다시 한 번 말했다.

"조금만 더 기다려 줬으면 해."

너무 기다리다간 할머니가 돼 버릴걸. 미요코는 속으로 이렇게 말했다. 그녀는 자신의 말에 웃음이 나왔지만, 겐타에게는

마미야 형제 185

웃음소리만 들렸다.

"어쨌든 그 사진은 치워 줘. 보고 싶지 않아."

미요코는 이렇게 말하며 사진 다발이 놓인 앤티크 테이블에서 눈을 돌렸다. 돌리기 직전, 욕조 안의 오오가키 사오리와 눈이 마주친 듯한 느낌이 들었지만, 기분 탓이라고 생각했다.

"결혼 같은 거 하지 말아야 했어."

오오가키 겐타를 돌아보며 말했다.

"알고 있어."

오늘 밤 들어 세 번째인 그 말을, 겐타는 간신히 짜냈다. 도심의 맨션, 최상층 방 안에서.

마미야 쥰코는 10월생이다. 『사계의 노래』에 의하면 '가을을 사랑하는 사람은 마음이 깊은 사람'이다. 쥰코는 그 노래를 좋아한다.

매년 생일이면 두 아들이 외식을 시켜 준다. 큰맘 먹고 스시집이나 양식집 같은 데서. 이 일은 장남이 취직한 해에 시작된 행사로, 쥰코가 시즈오카에 내려오고 나서도 계속되었고, 잊어버리거나 미뤄진 적은 없었다. 적어도 작년까지는.

지난 몇 년간은 생일 보름 전쯤에 반드시 아들들한테서 전화가 걸려왔다. 무얼 먹고 싶은지, 어디에 가고 싶은지 묻기 위해서. 쥰코는 어디든 좋다고 대답했다. '어디든 좋지만 그럼 좀 생각해 보마.' 라고. 도쿄를 떠났다고는 해도, 쥰코는 도쿄의 정보에 정통하다. 여성잡지를 섭렵하는 데다, 인터넷으로 검색하면 셰프 추천이며 계절별 특선 메뉴까지 알 수 있다.

생일이 낼모레인데, 올해는 아직 아들들한테서 전화가 없다.

무슨 일이 있는 건 아닌지 애가 타서 지난주, 쥰코 쪽에서 전화를 걸었다. 둘 다 집에 있었고 잘 지낸다고 했다. 별일 없다고.

생일 이야기는 입 밖에 내지 않았다. 이런 점에서 난 기가 약한 게야, 라고 쥰코는 생각했다. 난 은근히 고상한 구석이 있어서, 자기 생일에 대해 묻거나 넌지시 비추는 낯 두꺼운 흉내는 도저히 못 내.

평소 가 보고 싶었던 가게에 관한 기사 스크랩을 바라보면서 쥰코는 한숨을 쉰다. 기분 전환 삼아 인형 달린 차로 근처나 한 바퀴 돌고 올까.

슬프다.

줄지어 개찰구를 빠져나오는 인파를 바라보며 혼마 나오미는 한숨을 내쉰다. 그런 식으로 말하지 않았으면 좋았으련만.

궁지에 몰린 표정으로 꼿꼿하게 서서, "둘이서." 라고, 마미야 아키노부는 말했다. "안 될까요?" 라고. 너무도 진지한 표정이었기에 거절할 수밖에 없었다. 거절하지 않으면 안 될 것 같았다.

이렇게 됐으니, 이제 다시는 형제의 집에 놀러 갈 수 없게 되어 버렸다. 즐거웠는데.

가게에서 만나는 것도 거북하고 두렵다. 카운터 너머로 나오미 '추천' 비디오라든지, 아키노부가 좋다고 하는 비디오에 대해 짧은 이야기를 나누는 일도 이제 없을지 모른다.

물론.

아르바이트비로 구입한 지 얼마 안 된, 아냐 하인드마치(Anya Hindmarch) 핸드백을 양손으로 들고 선 채 티켓 발매기를 바라보며 나오미는 생각한다.

물론 자신에게는 코타가 있다. 오늘은 2주일 만의 데이트이고, 둘이서 오다이바에 가기로 했다. 나오미는 오다이바를 좋아한다. 전철에서 바다며 도쿄 타워며 창고가 늘어선 부두 거리가 보이는 것도 신나고, 코타와 함께 인테리어 숍이며 슈퍼마켓 등을 둘러보는 것도 즐겁다. 아마 어딘가에서 함께 식사를 하고, 곧게 펼쳐진 모래사장을 거닐겠지. 바다에는 지붕 딸린 놀잇배가 떠 있을 것이다. 붉은 등롱이 빛나고, 그것은 미야자키 하야오의 애니메이션 영화에 나왔던 곤충 괴물처럼 보이리라. 코타는 키스를 해 줄는지도 모른다. 주위에 인기척이 없다면.

모두 나오미가 좋아하는 것들이다. 상상을 멈추고, 구조가 육교와 비슷한 역의 혼잡 속으로 눈을 돌린다. 좋은 일이 기다리고 있는데 마음이 들뜨지 않는 건 어째서일까. 마미야 아키노부에게 그런 말을 들은 이후, 내내 기분이 울적한 건 무슨 까닭일까. 새로 산 핸드백을 들고, 남자친구를 기다리고 있는 이 순간에도.

　파란 하늘이다.
　일요일이지만 테츠노부는 초등학교에 와 있다. 체육 창고를 정리해야 한다고 아키노부에게 한 말은 거짓이 아니었다. 매년, 운동회 전후로 하고 있는 일이다. 콩주머니의 콩이며, 바구니, 릴레이 바통, 장애물 경주에 쓰이는 그물, 지네발 경주 때 사용하는 나막신 따위의 도구를 점검하고 수선하는 일. 운동회는 테츠노부의 어린 시절과 비교해 크게 달라진 행사 중 하나다. 이를테면 달리기 경주의 순위를 정하지 않는다는 것, 저학년들이 하는 공굴리기용 공만 해도 종이를 발라 만든 것이 아니라 부드러운 고무로 만들어졌다는 것, 정작 아이들보다 보러 온 가족들이 더 의욕이 넘쳐 곳곳에서 캠코더며 휴대전화가 활약한다는 것 등등.

그래도 테츠노부는 운동회를 먼발치에서 지켜보는 걸 좋아한다. 운동신경이 없어 보이는 아이, 흥분해서 침착성을 잃은 아이, 댄스복이며 가장 의상이 몸에 잘 맞지 않는 아이, 어찌된 영문인지 도무지 행진의 보조를 못 맞추는 아이. 그런 아이들을 볼 때면 마음속으로 성원을 보내지 않고는 못 배긴다.

괜찮아. 그래도 전혀 상관없으니까 가는 거야!

그는 희미하게 가슴이 아려 오는 것을 느낀다. 가을 공기와 하늘빛, 귀빈석의 천막과 임시 양호실, 음악과 함성과 냄새와 색, 모두가 쓰라린 기억을 불러일으키는 것들이다. 달리기 경주의 출발 신호인 호루라기 소리가 싫었다. 아이들이 모두, 테츠노부보다 자기들이 낫다고 여기는 기색을 감추지 않는 것도 분했다. 어머니가 만든 도시락이 너무 크고 화려해서 부끄러운 마음에 뚜껑으로 가리면서 먹었다. 형제가 나란히 어느 경기에서건 비참한 성적을 거두었지만, 부모님은 웃으면서 칭찬하고 노고를 위로해 주었다.

그 시절에는 운동회가 싫었다. 썰렁하고 먼지 냄새 풀풀 나는 체육 창고 안에서 테츠노부는 생각했다. 자신이 학교 직원이 되어, 그 운동회를 흐뭇하게 지켜볼 날이 올 줄은 꿈에도 몰랐다.

"왔어요."

소리가 나고, 입구에 유미처럼 생긴 사람 그림자가 섰다.

"들어가도 돼요?"

대답하기 전에 들어왔다.

올해 운동회는 이미 무사히 마쳤고, 창고 정리는 굳이 일요일에 하지 않아도 되는 일이었다. "거들지는 않겠지만 구경하고 싶다."고 말한 혼마 유미에게 일요일이라면 괜찮다고 대답한 것이다.

"히야, 이게 얼마 만이야."

각종 잡다한 도구며 간판 속에서 무엇을 보았는지 유미가 말했다. 바로 얼마 전까지 초등학생이었던 주제에, 라고 테츠노부는 생각했다.

"남자친구는?"

아키노부에게는 유미가 따라다닌다고 말했지만, 정확히 말하면 유미와 그 남자친구가 지난 한 달 동안 두 차례, 예고 없이 학교에 놀러온 것에 지나지 않는다.

"안에서 쉬고 있어요."

유미가 어질러져 있다고 말하려는 듯이 두 손을 허리에 척 얹고 서서 대답했다.

"안이라니?"

"교무원실."

매사, 이런 식이었다.

"알았어요. 전화해서 바로 오라고 할게요."

불안해하는 테츠노부를 보고, 유미는 말하기 무섭게 휴대전화를 꺼낸다.

"하지만 괜찮아요. 절대 뭘 훔치거나 하지는 않으니까. 그 녀석, 그런 짓은 절대 안 하거든요."

자그마한 기계를 귀에 바싹 대면서 말했다.

"거기, 잡동사니가 가득해서 마음에 드나 봐요. 남자애들이 원래 잡동사니를 좋아하잖아요."

남자친구를 감싸면서 테츠노부를 안심시키려는 마음이 엿보인다.

"됐어."

테츠노부가 말했다.

"교무원실에 있고 싶으면, 있어도 별 상관없어."

탁 하는 소리와 함께 유미가 전화기를 닫는 바람에,

"그냥, 방에서 나가지 말라고만 전해 줘."

라고 덧붙인 테츠노부의 말은 허공에 뜨고 말았다.

처음 두 사람이 학교에 나타나던 날, 테츠노부는 기절할 정도로 놀랐다. 기절할 만큼 놀라고, 목소리 톤이 바뀔 정도로 기뻤다. 마침 보일러실에 업자가 와서 하루 종일 바쁜 날이었다. 저녁 무렵이었고, 유미와 남자친구 모두 교복 차림이었다. 그들은 방문객용 녹색 슬리퍼를 신고 있었다.

"마미야 씨, 손님 오셨습니다."

그 둘을 이끌고 교무원실 문을 노크한 사람은, 테츠노부가 남몰래 '만년 청년' 이란 별명을 붙인 교사였다. 그는 방과 후, 아이들에게 종종 농구를 가르친다.

"와 버렸어요."

테츠노부를 보자마자 유미가 말했다. 뒤에 서 있던 남자친구는 껌을 씹으면서 목례라고도 할 수 없는 목례를 했다.

"유미!"

저도 모르게 큰 소리가 나왔다. 허둥대는 테츠노부를 보며 '만년 청년' 은 싱글거렸다.

테츠노부는 차를 내왔다. 학교 비품인 옅은 녹차가 아니라, 상점가에서 자신이 마실 요량으로 사 온 향이 좋은 덖은 차다.

"재밌다. 이건 뭐예요?"

유미가 가리킨 것은 책상에 어지럽게 펼쳐진 서류였다.

"그건 수도 사용량 기록."

테츠노부가 설명해 주었다.

"검침해서 숫자를 적어 넣고, 나중에 그래프로 그리는 거야."

"우와! 이 상자는 청소도구 천지네. 청소도 테츠노부 씨 일이에요?"

공구 상자, 예비 전지함, 호스, 행거에 걸어 놓은 작업복과 점퍼, 곰팡이 슨 채 방치되어 있는 선물 과자, 주인을 알 수 없는 분실물들이 가득한 골판지 상자. 유미와 남자친구는 그것들을 차례차례 보면서 감상을 늘어놓거나 테츠노부에게 설명을 요구하기도 했다.

테츠노부는 동요하고 있었다. 햇빛이 닿지 않는 조용하고 안전한 방. 이곳에는 아키노부조차 발을 들여놓은 적이 없다.

"초등학교가 직장이라니, 재밌겠다."

불꽃놀이 하던 날 밤, 혼마 자매는 분명 그렇게 말했다. 그녀들은 학교 직원이 어떤 일을 하며, 어떻게 하면 될 수 있는지 따위를 물었다.

"괜찮으면 다음에 놀러 와도 돼. 재미있어."

테츠노부도 말은 그렇게 했지만, 그런 유의 대화는 그냥 그 자리에서 하는 말로 그치기 마련이다.

"정말로 올 줄은 생각 못했어."

테츠노부는 당혹감보다 훨씬 강한 기쁨을 느끼고 있었다.

"이런 일, 어쩐지 좋아 보이네요."

좀처럼 입을 떼지 않는 유미의 남자친구가 방을 둘러보며 조용히 중얼거렸을 때는 그 기쁨이 배가 되었다.

"응, 천천히 있다 가."

테츠노부는 그렇게 말했다.

유미의 휴대전화가 울렸을 때, 테츠노부와 유미는 체육 창고 바로 밖에 있었다. 그곳은 초등학교 뒷마당으로, 구교사와 신교사를 잇는 복도가 보인다.

"응, 언니?"

유미의 말에, 나오미한테서 온 전화임을 알 수 있었다. 오후 두 시. 가을이라고는 해도 뙤약볕 아래에서 하는 작업이라 테츠노부는 땀으로 범벅이 되어 있었다. 골판지 상자를 다섯 개째 창고 밖으로 끌어낸 참이다. 돕지는 않겠지만 구경하고 싶다며 찾아온 유미는, 말과는 달리 착실하게 도와주었다. 상자 안의 내용물을 목록과 대조하여 확인하고, 새로 사야 할 것과 수리가 필요한 물건을 구분해야 한다. 오늘은 거기까지 마칠 작정이다.

"남자친구, 내버려 둬도 괜찮아?"

전화를 끊은 유미에게 테츠노부가 물었다.

"괜찮아요. 어차피 안에서 만화책 읽고 있는걸요."

유미는 말끝에 '하지만'이라고 덧붙였다.

"하지만?"

오늘 유미는 교복을 입지 않았다. 여기저기 찢어진 빈티지풍 청바지에 셔츠와 카디건을 입고 있다. 까맣고 윤기 나는 머리카락은 단발이고, 일자로 자른 앞머리가 귀엽다고 테츠노부는 생각했다.

"죄송해요. 오늘은 이만 돌아갈게요."

유미의 목소리는 중얼거림에 가까웠다. 보고 있자니, 또다시 휴대전화를 만지작거린다.

"언니가 또 바람맞았다지 뭐예요. 역에서 한 시간이나 기다리게 해 놓고서."

화를 낸다기보다 어이없다는 투로 얘기하더니, 이번엔 전화기에 대고 다짜고짜 말한다.

"여보세요, 그만 가자."

테츠노부는 허둥지둥 교무원실을 나오고 있을 남자친구의 모습이 떠올랐다.

"날씨 좋네요."

하늘을 올려다보며 유미가 말했다.

"데이트하기 딱 좋은 날씨인데……. 그것도 2주 만이었는데 말이에요."

부루퉁한 얼굴을 해 보인다. 바람을 맞은 사람이 나오미가 아니라 마치 자기 자신인 양.

"응."

테츠노부는 그저 고개를 끄덕일 수밖에 없었다. 좋은 날씨건 악천후건, 테츠노부에게는 데이트라는 경험 자체가 없었다.

"휴대전화, 유미한테는 정말 필수품이구나."

그래서 그런 말을 했다. 데이트 약속에도 취소에도, 그것이 활약하겠지.

테츠노부도 휴대전화를 갖고 있다. 하지만 거의 쓸 일이 없다. 저장해 둔 번호는 아키노부와 어머니와 초등학교뿐이다.

"아!"

크고 얼빠진 목소리가 흘러나왔다.

"왜 그래요?"

유미가 놀라서 물었다.

"울 엄마 생신을 잊고 있었어."

밖에서는 모친이나 어머니로 부르고 있는데, 그만 그것도 잊고 말았다.

유미가 미소 짓는다. 테츠노부가 평소 '젖비린내 나는 꼬맹이'라고 표현하는 여자치고는 몹시 부드럽고 상냥한, 자애가 넘치는 미소였다. 해 그늘이 진 연결 복도를 지나 햇살이 비치는 뒷마당으로 나오는, 호리호리하고 키 큰 유미의 남자친구가 보인다.

 장소는 오모테산도였다.

 형제가 전화를 건 때는 어머니의 생신 전날이었다. 하지만 어머니는 당황하거나 수선 피우는 일 없이, '이전부터 한번 가 보고 싶었던' 곳의 이름과 전화번호를 말하고, 잡지에서 보니까 가게 안에 웨이팅바가 있다며 거기서 직접 만나자고 했다. 형제는 부랴부랴 예약을 하고, 이튿날 각자 일을 마치고서 약속 장소로 달려갔다.

 아키노부와 테츠노부 둘 다 양복 차림이다. 아키노부로서는 드문 일이 아니었지만, 테츠노부는 일 년에 딱 두 번 양복을 입는다. 사진관에서 사진 찍는 날과 어머니의 생신날. 테츠노부는 양복을 입은 자신의 모습이 시치코산(3세, 5세를 맞은 남자아이와 3세, 7세를 맞은 여자아이의 성장을 축하하는 날)을 맞은 어린애 같아 보인다는 것을 알고 있었다. 그래서 테츠노부는 양복을 입는 날이면 빨간 멜빵과 상당량의 헤어무스를 사용한다.

먼저 가게에 도착해 형제의 눈에 주스처럼 보이는 식전주를 홀짝이고 있던 쥰코가 두 아들을 보자 기쁨의 미소를 짓는다.

"둘 다, 말쑥하구나."

웨이팅바는 천장이 높았고, 실내에 꾸며 놓은 연못에서는 작은 악어가 헤엄치고 있었다.

"이런 데 오면 너희 아버지 살아 계실 때가 생각나는구나."

형제에게는 그걸로 충분했다. 어머니만 만족하면, 요리가 어떻든 가격이 어떻든 상관없었다.

"벨리니를 마시고 있었단다."

쥰코가 잔을 들어 올리며 말했다. 그녀는 갑자기 목소리를 낮추고는 주위를 살피며,

"그런데 주스는 통조림이 확실해. 이 시기에 생복숭아가 있을 리 없잖니?"

하고 얼굴을 찌푸린다.

쥰코가 선정하는 가게는 어디나 그렇지만, 가게 직원이 누구

를 주빈 대우해야 할지 바로 가려낸다.

"발밑 조심하십시오."

두 아들을 거느리고 자리로 안내받는 동안, 쥰코는 자랑스러움에 가슴이 뿌듯해진다. 그런 쥰코를 보면서, 아키노부와 테츠노부도 책임을 다한 듯한 기분에 젖는다.

아키노부와 쥰코는 식사 중에 와인을 한 병 따고, 테츠노부는 진저엘과 물을 예닐곱 잔 정도 마셨다. 쥰코는 최근에 갔던 전람회와 영화 이야기를 하며, 형제에게 비디오로만 영화를 보는 건 좋지 않다고 말했다. 친척 누구누구에 관해 이야기하고, 앞서 살았던 동네의 상점가 누구누구에 관한 이야기를 듣고 싶어했다. 그 문방구집 부인, 여전하니? 라는 식으로.

요리는, 아키노부의 취향이나 컨디션으로 보자면 '너무 무겁다' 싶었지만, 테츠노부와 쥰코의 미각에는 맞았다. 아키노부는 그때그때 가져다주는 빵만 먹었다. 작은 접시에 담겨 나온 올리브 오일은 질색이라서, 아무것도 바르지 않고 퍽퍽한 그대로.

"너무 안 먹는구나."

쥰코가 걱정스럽게 말했다.

"뭐 안 좋은 일이라도 있었니?"

"아뇨, 아뇨."

아키노부가 급히 대답했다.

"그런 일 전혀 없어요."

식후 커피가 나오고, 준코가 화장실에 간 사이 테츠노부가 별 뜻 없는 투로 말했다.

"형은 거짓말이 서툴다니까. 그렇지 않아도 엄마는 눈치가 빠른데."

아키노부는 불쾌해졌다. '네가 장본인이잖아.'라고 말해 주고 싶은 심정이었다. 나오미와 자신과의 일도, 오오가키 사오리의 일도.

"유미 말인데……."

아키노부는 줄곧 하려던 말을 입 밖에 냈다.

"잘 생각하고 행동해. 상대는 아직 고등학생이니까."

테츠노부가 히죽 웃는다.

"질투하는 거야?"

아키노부는 한층 더 불쾌해졌다. 무릎 위의 냅킨으로 입을 닦고, 그대로 뭉쳐서 테이블에 던져 놓았다.

데이트 때 으레 호텔로 직행한다는 것은 뭘 의미하는 걸까. 혼마 나오미는 불만이라기보다 불안했다. 코타의 수업과 동아리

활동, 사고 활동 그리고 아르바이트 시간을 제외한 나머지 시간에 짬을 내어 저녁에만 하는 데이트. 역 앞에서 만나 호텔로 가고, 패스트푸드점에 들렀다 헤어진다.

"나중에 벌충할 테니까."

어제 오다이바에 갈 수 없다는 전화를 걸어왔을 때, 코타는 그렇게 말했다.

"보고 싶은데."

어렵게 꺼낸 나오미의 말에 망설임도 없이,

"나도 보고 싶어. 당연하잖아."

라는 대답이 돌아왔다.

"내일은 시간 낼 테니까. 시부야에서 다섯 시. 꼭 갈게."

약속대로 코타는 나타났다. 시부야에서 다섯 시. 그 약속에 따라. 그러나 나오미는 사정을 묻지도 못했다.

지금, 코타는 벌거벗은 채 침대에서 포카리스웨트를 마시며 TV를 보고 있다. 아르바이트하러 가기 전, 잠시 잠깐의 휴식. '벌충'은 끝냈다고 생각하는지도 모른다.

예전엔 이렇지 않았는데, 나오미는 생각했다. 수족관이니 유원지니, 여기저기 많이 다녔다. 나오미가 영화를 좋아한다는 이유만으로, 정작 자신은 별 흥미 없을 법한 영화를 보러 가자고

한 적도 있다. 나오미를 집까지 바래다주기 위해 아르바이트하는 곳에 데리러 온 적도.

"몰래 빠져나가자."

여럿이 모인 술자리에서, 귓가에 그렇게 속삭여 주었을 때의 기분을 나오미는 지금도 기억한다. 기쁘다 못해 심장이 터져 버리는 줄 알았다. 그러나 요즘은 빠져나가기는커녕 자기네 남자들끼리 2차 모임에 가 버리기 일쑤다. 마치 나중에 '벌충' 하면 된다고 생각하는 양.

끝냈어.

쿠즈하라 요리코의 목소리가 귀에 남아 있다.

이번에, 어딘가 둘이서.

깊은 생각에 빠진 얼굴로, 자신을 똑바로 쳐다보며 이야기한 마미야 아키노부의 목소리도.

"있잖아."

속옷만 걸친 모습으로 코타 옆에 서서 말을 건넨다.

"이번에 둘이서 어디 가지 않을래?"

코타가 나오미를 쳐다본다.

"어디라니?"

"어디든 좋아. 호텔이 아닌 장소."

"좋아."

코타는 일도 아니라는 듯이 대답한다. 풀어 두었던 손목시계를 들여다보고 옷을 주워 들며,

"다음번에."

라고.

신칸센 정도는 혼자 탈 수 있으니까 따라 나올 필요 없다고 쥰코는 말했다. 하지만 두 아들은 도쿄 역까지 어머니를 전송했다. 쥰코 역시 아들들이 그렇게 하리라는 것을 알고 있었다.

10시 7분발 고다마 열차를 타면, 11시 29분에 시즈오카에 도착한다.

"둘 다, 오늘 고마웠다. 바쁜데 고생 많았구나."

플랫폼에 서서 쥰코가 말했다.

"주무시고 가면 좋을 텐데."

아키노부는 이렇게 말하고서,

"할머니, 많이 안 좋으신 건 아니겠죠?"

라고 덧붙여 물었다. 요즘엔 헬퍼라고 부르는 간병인을 둘씩이나 고용한다는 사실을 알고 있었다.

"그렇지도 않단다. 하도 여러 가지라."

쥰코는 얼굴을 잔뜩 찌푸려 보였지만, 목소리에서는 기쁨이 묻어났다.

"이제 추워지네."

큼직한 핸드백에서 숄을 꺼내 어깨에 걸치고 가슴께에서 묶었다.

"너희도 감기 걸리지 않게 조심하려무나."

어머니가 숄을 꺼냈을 때, 살포시 그리운 냄새가 났다. 형제 모두 그 기분을 느꼈다. 테츠노부는 할머니 방 냄새, 아키노부는 어머니 물건 냄새라고 생각했다는 차이는 있었지만.

둘은 신칸센 열차가 시야에서 사라질 때까지 플랫폼에 서서 지켜보았다.

"어머니가 건강하신 것 같아 다행이야."

아키노부의 말에 테츠노부가 대답했다.

"그보다 생신을 기억해 내서 다행이야."

밤의 플랫폼은 이미 텅 비어 있었다. 달리 배웅 나온 듯한 사람의 모습도 없었다. 반달이라고 하기엔 조금 많이 살찐 달이 떠 있었다.

JR선을 타고 집 근처 역에 내렸다. 쥰코의 말대로 숄이 생각나는 날씨였다. 형제는 늦가을 찬바람에 목을 움츠렸다. 맨션까지

15분은 족히 걸어야 한다. 택시 승강장에는 표시등이 반짝이는 빈 차가 몇 대씩이나 서 있었지만, 둘 다 거기에 탈 생각은 없었다. 절약하느라 그러는 것은 아니다. 습관과도 같아서, 형제는 좀처럼 택시를 이용하지 않는다. 뭐랄까, 택시는 자신들과는 인연이 없는 탈것이란 생각이 든다. 버스나 전철과 달리 다른 손님이 없고, 차 안이 어두운 것도 불안하다. 게다가 운전기사와 말을 주고받지 않으면 안 된다. 그것은 형제에게 마음 불편한 일이었다.

"저기 말이야."

단골 츠케멘집 앞을 지나치며 테츠노부가 말했다.

"사오리 씨 일 말인데."

입에 맞지 않는 이탈리아 요리가 위와 가슴에 받쳐, 평소 같으면 식욕이 당길 츠케멘집의 더운 김을 외면하듯 걷고 있던 아키노부는, 테츠노부의 조심스러운 말투만으로도 좋지 않은 예감이 들었다.

"왜?"

내심 조마조마하면서 물었다.

"연락처 좀 가르쳐 주면 안 될까?"

아키노부가 그 자리에 멈춰 섰다.

"아, 안 돼."

단호하게 말할 생각이었는데, 당황한 듯한 말투가 되어 버렸다. 동생에게 상처를 주고 싶지는 않았다.

"어째서?"

테츠노부의 목소리는 이미 분노를 머금고 있었다.

"연락처 정도는 가르쳐 줄 수 있잖아. 쿠즈하라 선생 일이든 나오미 일이든, 난 언제나 형한테 협력하고 있는데."

"그런 문제가 아냐."

됐으니까 걷기나 해, 라고 테츠노부가 말했다.

"왜 멀뚱하니 서 있어."

라고.

양복을 입은 테츠노부의 뒷모습은 둥글다. 그 둥근 등이 밤길에 분노를 품고 굳어 있었다.

"그 사람은 오오가키 씨 부인이잖아?"

아키노부는 '부인'이라는 단어를 강조했다. 테츠노부의 의식에, 싫어도 그 점이 사무치도록.

"하지만 이혼할 거잖아."

테츠노부는 태연히 응수했다.

"마침 딱 좋잖아."

아키노부는 다시 멈춰 서고 만다.

"뭐가 딱 좋다는 거야."

꺼질 듯한 목소리를 내며 하늘을 우러러보았다.

'또야' 라고 생각한다. 양호교사니 서클 선배니, 테츠노부는 옛날부터 연상의 여자에게 약하다. 남편이나 연인이 있어도 개의치 않고 마음을 털어놓으려 한다. 아키노부로서는 엄두도 못 낼 일이었다.

"걱정 안 해도 돼."

돌아서서, 테츠노부가 말했다.

"어차피 날 상대해 주지 않을 테니까."

테츠노부의 목소리와 표정에서 아무런 감정도 느낄 수 없었다. 분해 보이지도, 슬퍼 보이지도 않는다. 다만 조용히, 냉정하게 현실을 말했을 뿐이다.

아키노부의 심사가 뒤틀렸다.

"그럼 연락처 따위 몰라도 상관없잖아? 모르는 편이 낫다고 할까?"

절반은 애원하듯이 동생에게 말했다. 다시 나란히 걷기 시작했다.

"그렇지 않아."

테츠노부는 시원시원한 어조로 말을 이었다.

"그래도 알고 싶은 건 알고 싶고, 알아야 할 일은 알아야 하는 거야."

"뭐야, 그게?"

목을 움츠려 보였지만, 솔직히 알 것 같은 기분이다. 어째서인지는 모르겠지만, 동생이 뭘 말하고 싶어 하는지를.

"춥네."

아키노부가 중얼거렸다. 두 사람의 구둣발 소리가, 아스팔트 길 위에 타닥타닥 울려 퍼진다.

"오오가키 씨한테 물어볼게."

아키노부의 말에 이번에는 테츠노부가 멈춰 섰다.

"정말?"

그 옛날, 간식으로 나온 방울 카스텔라를 전부 주겠다는 말을 들었을 때처럼, 기대와 의심이 한데 섞인 목소리로 형에게 되묻는다.

"내가 언제 너한테 거짓말한 적 있든?"

형이랍시고 아키노부가 말했다. 반달이라고 하기엔 조금 살찐 달이 여전히 형제를 지켜보고 있다. 만약 테츠노부에게 오오가키 사오리의 연락처를 가르쳐 주면, 테츠노부는 결국 그리 오래 가지 않아 신칸센을 보러 가게 되리라. 아키노부는 그렇게 생각한다. 형이라 해도, 그것까지 막아 줄 수는 없다.

"형."

테츠노부가 입을 열었다. 주위 풍경은 소규모 공장들이 늘어선 살풍경한 길에서 낯익은 상점가로 바뀌어 있었다.

"왜?"

가게들이 모두 셔터를 내려 거리는 어둡고 조용하다.

"남편 있는 여자가 무엇 때문에 존재하는지 알아?"

테츠노부의 표정이 눈에 띄게 밝다. 헤어무스를 잔뜩 발라 매만진 머리, 빨간 멜빵.

"빼앗기 위해서야."

아키노부의 대답을 기다리지 않고, 테츠노부가 대답했다.

"이제 됐어. 그만 떠들어."

아키노부는 동생 대신 얼굴을 붉혔다.

또 놀러 왔네.

교직원실 창으로 교정을 내다보며, 쿠즈하라 요리코는 생각했다. 교복 차림의 혼마 유미는 마찬가지로 교복 차림인 남자친구와 나란히 학교를 나가던 참이었다.

―안녕하세요.

두 달 전쯤, 학교에 처음 놀러 온 유미는 교직원실에 얼굴을 비치고는 요리코에게 인사했다.

―견학 왔어요. 나중에 자식이 생겼을 때를 대비해서.

그렇게 말하고 웃었다. 값을 매기듯 요리코를 말똥말똥 쳐다

보며,

　―학교에서는 과연, 선생님 느낌이 나네요.
라는 말까지 해서, 요리코가 발끈했었다.

　그 후로도 두 사람은 몇 차례 더 왔는데, 요리코에게 인사하는 건 생략하고 곧장 교무원실로 향하는 눈치다. 교감 입에서 슬슬 뭔가 말 나올 때가 되지 않았나 싶어 요리코는 주시하고 있다. 여하튼 그들은 눈에 띈다. 테츠노부에게 듣기론 교무원실에서는 얌전한 모양이지만, 교정의 타이어 놀이기구에 올라타기도 하고, 토끼 사육장의 토끼들을 30분 넘게 바라볼 때도 있었다.

　아무리 집이 가깝다고는 해도 그들이 뭐 하러 번번이 초등학교를 찾아오는지, 요리코로서는 짐작하기 어려웠다. 교사라는 직업만 아니면, 요리코로서는 절대 가까이 하고 싶지 않은 장소 가운데 하나다.

　―돈 안 드는 데이트 장소쯤으로 여기는 것 아냐?

　일찍이 요리코와 연인 사이였던 남자는 뻔하지 않으냐는 얼굴로 그렇게 말했다.

　―게임 센터니 카페 같은 데 드나드는 것보다야, 건전하고 좋잖아?
라고도. 그 남자의 단락적인 사고조차 사랑했었다. 가을 해가 비치는 교무실 창가에서 요리코는 남몰래 쓴웃음을 지으며 그런 생각을 한다. 안도감이 들었다. 그런 식으로 매사를 딱 잘라, 그야말로 건전하게 판단하고 설명해 주는 연상의 남자 곁에 있노라니.

그렇더라도.

실내를 둘러보고, 구석의 커피머신을 사용하고 있는 남자를 바라보면서 요리코는 생각한다. 그렇더라도 자신이 이별을 고한 순간, 눈에 보이게 안심하는 듯한 남자의 태도는 마음에 들지 않았다. 지켜야 할 가정뿐만 아니라 다른 교사들에 대한 체면도 있다지만. 가령 교직원실에서의 잡담 중에,

―쿠즈하라 선생쯤 되면 서로 데려가려고 할걸.

이라든지,

―내가 결혼을 너무 일찍 했나?

라는 식으로, 간살도 아닌 우스갯소리를 해대는 무신경함에는 넌더리가 난다.

그렇게 열정적으로 사랑했는데. 체면이고 뭐고 없이 몸을 포개었건만.

하지만 그것은 이제 요리코 자신도 떠올리기 힘든 심리였다.

커피머신 그늘에 가려 보이진 않지만…….

요리코는 자신의 정신 위생상, 상대의 단점을 생각해 내어 추억을 잘라 버리려 한다. 커피머신 그늘에 가려 보이진 않지만, 그 사람의 발치는 지압 샌들이다.

혼마 나오미는 석양빛에 눈을 제대로 뜨지 못한다. 종이컵의 감촉과 플라스틱 뚜껑에 꽂힌 스트로의 각도. '다 기억해 버렸다'고 나오미는 생각한다. 둥근 테이블도, 여분으로 가져와서 꼭 남아 버리는 냅킨도, 우윳빛 쟁반도, 은색 재떨이도.

북적거리는 가게 안에 홀로 앉아 있다. 무료함에 담배를 피우고, 용건도 없으면서 친구에게 보낼 문자 메시지를 입력해 본다. 지금, 시부야. 지난번엔 즐거웠어. 마리짱 웃기더라. 한가해. 영화라도 볼까나.

한숨을 쉬었다. 결국 전송은 하지 않고 전화기를 닫았다. 무릎에 놓은 손가방에는 책이며 수첩이며 화장품 따위가 들어 있다. 정기권 케이스에는 코타와 찍은 사진도. 하지만 그것들은 전혀 도움이 안 된다고 나오미는 생각한다. 옆에 코타가 있어 주지 않는다면, 지니고 다녀도 마냥 쓸쓸할 뿐이다.

조금 전까지 같이 있던 코타는 아르바이트하러 가 버렸다.

―나, 조금만 더 여기 있을래.

나오미의 말에, 걱정하는 기색도 없이 고개를 끄덕이고 쟁반을 정리하더니,

―그럼.

하고 가 버렸다. '다녀올게'도 '전화할게'도 아닌, '그럼'.

너무 차가운 것 아냐? 예전에는 그토록 떨어지기 힘들어 했으면서. 남의 눈은 아랑곳하지 않고 끌어안고서, "아르바이트 가고 싶지 않아." 같은 말을 해 주었는데.

요즘은 무엇 하나 신통한 일이 없다.

창밖을 보며 다시금 생각한다. 불꽃놀이는 즐거웠다. 아직 늦더위가 남아 있던 9월 무렵이었다.

그날 이후, 유미는 마미야 테츠노부와 가깝게 지내는 눈치다.

―언니도 아키노부 씨랑 '어딘가' 가 보면 좋을 텐데.

요전 날에는 그런 말을 했다.

―도대체가 언니는 쓸데없이 생각이 너무 많아. 아키노부 씨가 딱히 결혼하자거나 코타와 헤어지란 말을 한 것도 아니고, 어딘가 가자고 했을 뿐이잖아.

오다이바에서의 데이트가 취소된 일요일. 언니 생각이 끔찍한 유미는 남자친구를 거느리고 바로 와 주었다. 그리고 늘 가는 패밀리 레스토랑에서 케이크 세트를 시켜 먹으며 나오미에

게 설교 비슷한 이야기를 했다.
　―코타도 '어딘가' 갈 거 아냐. 언니가 모르는 사람들이랑.
　그런 말까지 듣고 보니, 나오미도 마음이 편치 않았다.
　―하지만 그건, 그냥 친구들과 어울리는 거잖아.
　어떻게든 반론하고 싶었다. 운동부 친구라든지 아르바이트 동료라든지, 예컨대 사회생활에 필요한 교제와 이성과 1대 1의 개인적인 만남을 갖는 건 성격이 다르다.
　―그야, 모르는 일이지.
　유미는 볼멘 얼굴로 말했다.
　―코타가 누굴 만나고 다니는지, 어떻게 알아?
　정곡을 찌르는 동생의 말에 나오미는 침묵할 수밖에 없었다.
　"싫어지네."
　나오미는 소리 내어 말하며, 쟁반과 재떨이와 종이컵을 정리한다. 그리고 맞은편 의자에 놓아 둔 코트를 입고, 해 저문 거리로 나섰다.

　오래간만에 '재미있는 지옥'을 사 왔다며 테츠노부가 말을 꺼낸 때가 화요일이었고, 아키노부가 좋아, 그럼 금요일이다, 라고 응한 바로 그 금요일 밤. 형제는 저녁 식사도 목욕도 일찌감

치 해치우고, 만반의 준비를 하고서 직소 퍼즐 상자를 열었다.

난방중인 거실에서 아키노부는 잠옷 위에 카디건을, 테츠노부는 점퍼를 걸치고 있다. 밤에 잠옷 차림으로 실내에서 놀 때가 많은 마미야 형제는 걸쳐 입는 옷에 까다롭다. 가볍고 따스해서 편안한 기분이 드는 게 중요하다고 말하는 아키노부와 달리, 여차하면 그대로 밖에 나갈 수 있는 차림이어야 한다고 테츠노부는 주장한다. 어릴 적엔 둘 다 가운을 입었다. 어머니가 사오는 가운은 늘 똑같아서, 파란색과 흰색의 체크 바탕에, 주머니 부분에 파란 딸기 자수가 들어간 것이었다.

우선 기본 틀을 만드는데, 형제는 이것을 직소 퍼즐의 철칙으로 여긴다. 이 작업은 별로 재미가 없어서, 음악을 듣거나 잡담을 주고받으며 한다.

이윽고 안쪽 공간 맞추기에 돌입하면 어느새 둘 다 말이 없어진다. CD가 멈춰도 알아차리지 못하고, 마실 것도 방치된 채 잊어버리고 만다. 둘 다 퍼즐 그림으로 머리가 가득 차고, 공간을 메우고 싶은 마음에 거의 채근 당하는 심정으로 묵묵히 퍼즐 맞추기에 임한다. '제길'이니, '말도 안 돼'라느니, 무심코 입 밖으로 나오는 말만이 실내의 정적을 깬다.

그것은 행복한 시간이다. 하면 하는 만큼 공간이 메워지고, 착실하게 성과가 쌓여 간다. 다른 일은 일절 생각하지 않아도 된다. 여느 때라면…….

"저기 말이야."

새벽 두 시. 아키노부가 입을 열었다.

"뭘?"

테츠노부는 집중하느라 퍼즐에서 얼굴 한 번 들지 않는다. 색깔 별로 대충 분류해 놓은 피스 더미를 진지하게 노려본다.

"사오리 씨 일 말인데."

집중한 탓에 동생이 건성으로 대답해 주길 아키노부는 기도했다.

"아직 마음 안 바뀌었어? 연락처 알고 싶다는 얘기 말이야."

—그야, 상관없어.

오오가키 겐타는 자못 시원시원하게 대답했다. 회사 안, 오오가키 겐타의 부서가 위치한 플로어 끽연실에서. 그곳은 아키노부가 질색하는 장소였다. 담배 연기 때문이 아니다. 스트레스 쌓이는 업무 중간에 멍하니 한 대 피우며 한숨 돌리는 사람들―특히 여직원들―의 모습을, 담배도 피우지 않는 자신이 보아서는 안 될 것만 같았고, 일일이 눈을 돌리는 것도 부자연스럽다

보니 어찌해야 좋을지 몰랐다.

―연락처 정도야, 비밀도 아니잖아.

오오가키 겐타는 도리어 이상하다는 듯이 그렇게 말하고, 연기를 천천히 내뿜었다.

―그보다 술이나 한번 마시자. 야구 시즌도 끝났으니.

멋진 취향이 엿보이는 양복과 넥타이, 잘 닦인 구두. 하지만 이 사람은 지금 일주일 단위로 빌리는 맨션에 살고 있다. 아키노부는 생각했다. 곤경이란, 남이 봐서는 결코 알 수 없는 것이라고.

―안자이 씨가 널 보고 싶대서. 요즘 셋이서 통 마신 적이 없으니까.

아키노부는 애매하게 웃었다. 그들의 관계를 알아 버린 이상, 셋이서 마시자니 어쩐지 자신이 방해꾼이 되는 것 같아 마음이 내키지 않는다. 오오가키 겐타에게는 그런 개념이 없는지, 주위에 아무도 없는 것을 확인하고는 아키노부의 귀에 얼굴을 갖다 댔다.

―내 주변 여자들은 모두 널 보고 싶어 해.

작은 소리로 말하면서 미소 지었다. 박하 비슷한 향이 났다.

해로울 게 없으니까요.

목구멍까지 올라온 말을 삼켰다. 오오가키 씨처럼 매력적인 남자는, 아마도 여자들에게 해가 될 겁니다.

인정하자니 고통스러웠지만, 아키노부는 알고 있었다. 테츠노부에게 사오리의 연락처를 가르쳐 줘도 괜찮다고 그토록 시원스럽게 말한 것도, 테츠노부를 무해하다고 여기는 증거가 아닐까.

―무슨 일이 생겨도 난 모릅니다.

어느새 아키노부는 그렇게 말하고 있었다. 테츠노부와 사오리 사이에 무슨 일이 일어나리라는 상상 따위, 자신은 털끝만큼도 하지 않으면서.

―응?

겐타는 영문을 모르겠다는 표정이었다.

―저와 달라서, 동생은 행동력이 있으니까요.

―아하, 그 얘기였어.

겐타는 태평하게 웃고,

―기대해 볼 만한 일인걸.

라고 말했다. 담배를 끄고, 양손을 위로 올려 기지개를 켜는가 싶더니,

―녀석, 고지식하기는.

라고 중얼거린 후, 그대로 자리로 돌아갔다. 플로어 한구석, 세로로 길게 난 붙박이창으로 오후 햇살이 비쳐 드는 끽연실에 아키노부만 남겨 두고.

"물론 안 바뀌었지."

테츠노부가 퍼즐 조각을 손에 든 채 퉁기듯이 말했다.

"마음이 바뀔 이유가 전혀 없잖아. 대체 무슨 생각을 하는 거야, 형."

아키노부는 내심 기가 막히다. 무슨 생각을 하는 건 바로 너잖아, 테츠노부.

"주소랑 전화번호, 나중에 적어 줄게."

말투가 좀 빨라졌다. 가능하면 말하지 않고 끝내고 싶었다. 겨우 한 번 만난 여자에게 반하다니, 아키노부로서는 상상하기도 힘든 일이다.

"좋았어."

테츠노부의 말투가 힘차다. 자기 자신을 고무하는 듯이.

정말 그럴까? 아키노부는 자문해 보았다. 딱 한 번 만난 여자에게 반하는 게 정말로 이상한 일일까. 비디오 대여점의 나오미만 해도, 아무것도 모를 때 좋아하게 되었다. 맞선 상대가 대번에 마음에 들어 버린 적도 있었다. 아무것도 모르면서 좋아하는 게 아니라, 아무것도 모르기 때문에 좋아하게 되는 건 아닐까. 아무것도 모르는데 마음이 끌리기 때문에, 좀 더 알고 싶어져서 다가가려는 게 아닐까.

"이 빈칸만 채워 버리자고."

테츠노부의 말에 갑자기 생기가 넘친다.

"그 전에, 커피라도 끓일까?"

일어나서 부엌으로 간다.

"형은 음악 다른 걸로 바꿔. 신나는 걸로."

오늘의 퍼즐은 풍선 그림이다. 오른쪽 구석의 작은 짐마차에서 풀려 나온 크고 작은 갖가지 풍선이, 무려 반 평 정도 되는 화면 가득 떠다닌다. 새에게 쪼여 터질 듯한 풍선, 나비가 앉아 있는 풍선. 각양각색이라지만 워낙 비슷한 데다 피스가 자잘하다 보니 품이 많이 들고 부지불식간에 몰두하게 된다.

"맡겨둬."

아키노부는 CD 케이스를 열어 도리스 데이(Doris Day)의 앨범을 골랐다. 필로우 토크(Pillow Talk)나 센티멘털 저니(Sentimental Journey) 등, 경쾌하고 귀에 익은 곡이 많이 수록된 앨범이다. 이거라면 흥이 나겠지.

"환기 좀 하자."

창을 열고, 차가운 공기를 방 안에 들였다. 내일은 토요일이고, 여기에는 '재미있는 지옥'이 있다. 아키노부는 낙관적이다 못해 거의 용감한 기분에 젖어 생각한다. 오늘 밤, 이 집안은 행복한 상태라고 할 수 있지 않은가. 연애야 어떻든, 테츠노부와 오오가키 사오리가 좋은 친구 사이가 못 될 것도 없지 않은가.

도리스 데이가 '케 세라 세라'를 노래하고 있다. 부엌에서 은은한 커피향이 풍겨 나온다.

테츠노부의 행동은 빨랐다. 머뭇거리면 움직이지 못하게 된다는 것을, 경험으로 알고 있는 것이다. 제트코스터가 좋은 예라고 테츠노부는 생각한다. 무서운 것도, 손에 땀이 나는 것도, 올라탄 걸 후회하는 것도 느릿느릿 올라가는 동안에 벌어지는 일 아닌가. 막상 활강이 시작되면 이미 두려움은 온데간데없고, 땀도 후회도 글자 그대로 싹 날아가 버린다.

그런 연유로, 오오가키 사오리의 주소와 전화번호를 형이 일러 주자마자―형에게 한소리 듣고 싶지는 않았기에 월요일이 되기를 기다렸다가 사오리가 저녁 준비를 하고 있을 것 같은 시간에 맞춰―전화를 걸었다.

신호음을 네 번 헤아렸을 즈음, 사오리가 전화를 받았다.

"여보세요."

밝은 목소리다. 테츠노부의 뇌리에, 그날 밤 찻집에서 자신을 기다려 주던, 가까이 다가서기 어려운 유부녀 특유의 분위기를 지녔던 여자의 모습이 떠올랐다.

"마미야 테츠노부입니다."

조심스럽게, 성과 이름을 모두 댔다. 일순간 침묵이 흐른 뒤 사오리는 한층 밝은 목소리로 말했다.

"아, 지난번에는 감사했습니다. 너무 폐를 끼쳐서."

남편이 돌아온 걸까. 테츠노부는 생각했다. 남편에게 버림받은 여자치고는 묘하게 활기찬 목소리다. 그래서 동요했다.

"트, 특별히 용건이 있는 건 아닙니다만."

거짓말이었지만, 얼결에 그렇게 말해 버렸다.

"그 후에 어찌 됐는지 신경이 쓰여서요."

적어도 그건 사실이다. 수화기를 쥔 테츠노부의 손은 이미 땀으로 흥건하다.

사오리가 웃음소리 비슷한 한숨을 흘렸다.

"고맙습니다."

그녀의 목소리는 어느새 나직하고 조용하게 타꿔어 있었다.

"죄송합니다. 이런 일로 마미야 씨의 동생 분한테까지 걱정을 끼쳐 드려서."

처음의 밝은 목소리는 다 허세였다고 생각하니, 테츠노부는 가슴이 저렸다. 동시에 오오가키 겐타에 대한 분노로 테츠노부는 거의 떨고 있었다.

괜찮습니다, 라며 사오리가 말을 이었다. 머지않아 모든 것이 제자리를 찾게 되면 다시 보고랄까, 연락 드릴게요, 라고.

그 말의 절반도 귀에 들어오지 않았다. 이 사람을, 이런 꼴을 당하게 하다니, 그것만으로도 오오가키 겐타는 형편없는 녀석이란 생각이 들었다. 남자 축에도 못 끼는 놈이다. 이런 사람과 결혼까지 했으면서.

사오리의 목소리는 이제 완전히 『세브린느』의 드뇌브로 돌아와 있었다. 고요하고, 고독하고. 자신 앞에서만 본심을 털어놓고 있는 거라고 생각했다. 그녀가 안간힘을 다해 허세를 부리고 있었는데, 자신이 그걸 망쳐 버린 것이다.

"아키노부 씨께도 정말 감사하단 말씀 전해 주세요."

아키노부란 이름이 나온 것에 반응하여,

"네."

라고 대답하자, 전화가 툭 끊어졌다. 흠칫했지만, 이내 만족감이 솟구쳤다. 이로써 자신이 사오리 편이라는 것이 그녀에게 전해졌다. 반응도 꽤 있었고, 첫 통화치고는 썩 잘 해낸 것 아닐까.

형제의 거실 바닥에는 완성한 직소 퍼즐이 당당히 놓여 있다. 피스 틈으로 흘러 들어간 풀이 다 마를 때까지는 건드리지 못한다. 다 마르면 벽에 세워 두고 장식했다가, 침대 밑에 보관된다.
풍선은 헤아려 봤더니 아흔일곱 개나 되었다.
형제가 퍼즐 삼매경에 빠져 지낸 초겨울 주말. 쿠즈하라 요리코는 학교 때 친구에게 남자를 소개받아 신주쿠 3가에 있는 갤러리에서 사진전을 본 후 중화요리를 먹었고, 혼마 나오미는 아버지와 그의 지인 셋이서 튀김 요리를 먹었다. 취직 상담을 위한 자리였다. 아버지의 지인은 영화 배급사 중역이었고, 나오미는 그 회사에 입사하고픈 마음이 간절했다. 앞으로 1년 남은 대학 생활 동안, 거기서 아르바이트를 해 보면 어떻겠냐는 권유를 받았다. 그 회사는 사원을 매년 채용하지는 않았다. 그래서 일손이 필요해졌을 때를 대비해 가까이에 있으면서 사람됨과 실력을 인정받는 것이 중요하다고 했다.
―나오미가 이렇게 다 큰 숙녀가 되었단 말이지.
술잔을 기울이면서, 아버지의 지인은 그렇게 말했다.

―유미도 이제 꽤 컸겠어. 여러모로 기대되는걸.

그분에게는 아들이 한 명 있고, 영화와는 무관한 일에 종사하고 있다고 말했다.

격식을 차린 느낌이 나는 플레어스커트 원피스를 입고 다다미방에 앉아 있던 나오미는 '숙녀' 답게 미소를 지어 보였다.

물론, 그러한 일들은 형제가 모르는 바이다.

오오가키 사오리를 둘러싼 테츠노부의 재빠른 행동은 전화 한 통화에 그치지 않았다. 어떠신지 염려가 되어, 라는 똑같은 말로 자주 전화하고, 주소를 물어 메일도 보냈다. 사오리의 마음을 가볍게 해 주고 싶어, 메일의 문장은 경쾌하게 작성했다. 예를 들면 마지막 한 줄을, '그럼 또 뵙지요' 가 아니라, '또 봐요' 혹은 '또 보자고요' 라는 식으로 썼다.

"순조로워."

사오리와 관련하여 아키노부에게 그런 말까지 했다.

"조금씩 마음을 열어 주고 있어. 메일에도 꼬박꼬박 답장해 주고 말이야."

테츠노부가 여성과 메일을 주고받기는 이번이 처음이었다.

"그렇다면 다행이지만."

아키노부의 대답은 그게 전부였다. 그는 부엌 식탁에서 크로스워드 퍼즐을 풀고 있었다.

"이제 남은 건, 계기야."

테츠노부가 말했다.

"또 한 번 만나기 위한 계기."

창밖에는 비가 내리고 있다. 때때로 바람에 휩쓸려 후드득후드득 소리를 내며 외벽과 물받이에 빗방울이 부딪친다.

"오뎅 파티는 어떨까?"

조심조심, 테츠노부가 말을 입에 올린다.

"날씨도 춥고, 좋아하지 않을까? 혼자 사는 사람은 집에서 오뎅 요리 같은 건 안 해 먹겠지?"

스스로도 정말 완벽한 논리라고 생각했고, 카레만큼은 아니지만 오뎅 요리에도 나름대로 자신이 있었다.

"쿠즈하라 선생이랑 혼마 자매도 부르자."

형이 아무 대답도 하지 않자, 테츠노부가 말을 이었다.

"혼마 자매는 남자를 데려올지도 모르지만, 그래도 그렇게 하면 사오리 씨도 오기 쉽지 않겠어? 친구들이 모이는 밤이라고 하면 말이야."

테츠노부가 생각하기에 그건 당연히 형이 협력해 주어야 하는 일이었다. 여름에는 그와 똑같은 일을 형을 위해 했으니까.

탁 소리를 내며, 아키노부가 난폭하게 잡지를 덮었다.

"어떻게 하면 그런 데로만 생각이 도냐?"

암담한 목소리였다.

"왜 내가 나오미의 애인이랑 오뎅을 먹어야 하냐고."

하긴 그러네, 라고 테츠노부도 생각했다. 그래서 제안했다.

"그럼 나오미는 빼기로 하자."

아키노부의 표정에 불쾌감이 더욱 짙어졌다.

"무리야."

조용하지만 분명하게, 아키노부는 단정했다.

"유미만 초대하고, 언니는 데려오지 말아 달라고 할 거냐?"

그것도 그러네, 라고 말할 틈도 주지 않았다. 아키노부는 한층 미간을 찌푸리며,

"무엇보다……, 무엇보다 오오가키 씨가 없는 자리에서, 내가 오오가키 씨의 부인과 친해지는 건 이상하잖아."

그 말에 테츠노부가 성을 냈다.

"어째서 형이 친해지는데? 안 그래도 돼. 그렇게 되지 마."

아키노부는 대답 대신 기가 막히다는 듯이 테츠노부를 바라보고는—슬퍼 보이는 얼굴이라고 테츠노부는 생각했다—그대

로 자기 방으로 들어가 버렸다.

밖에는 비가 한층 거세게 몰아치고 있었다.

"이리 온. 착하지."

오오가키 사오리는 현관에 쪼그리고 앉아, 평소엔 현관 밖 개집에 놓아기르는 시바견에게 이야기를 건넨다. 비가 오거나 심하게 추운 밤에만 현관 바닥에서 재운다.

"미안하구나. 배럴은 늘 집 안에 있는데."

시바견은 사오리의 무릎에 조심스럽게 얼굴을 올리고 어리광을 부렸다. 목줄 끝을 현관문 손잡이에 매어 놓았기 때문에, 배럴이 있는 집 안으로는 들어갈 수 없다.

배럴과 울보라는 두 마리 개의 이름은 모두 겐타가 지었다. 배럴이란 위스키를 숙성시키는 통이란다. 울보 쪽은, 단지 얼굴 생김이 늘 울고 있는 것 같아 보인다는 이유에서 붙인 이름인데, 지금 보니 가여운 생각이 든다. 수컷인 이 녀석은 겐타를 보스로 신뢰하고 있는데, 결국 내버려지고 이름은 울보라니.

"착하지."

동글동글하게 불거진 시바견의 머리를 쓰다듬어 주면서, 사오리는 다시 한 번 말했다. 결국, 애정에 전심전력으로 응답해 주는 건 개뿐인지도 모른다.

조용한 밤이다. 빗소리와 젖은 노면 위를 이따금 달리는 차 소리 외에는 아무것도 들리지 않는다.

"울보는 훌륭한 방범견이야."

일어나서 상야등만 남기고 복도의 불을 끈다.

"너희들이 있으니까 난 무섭지도 외롭지도 않아."

사오리는 아키노부가 중재를 맡은 이후 겐타와 몇 번 더 만났지만, 서로 한 치도 물러서지 않았다. 겐타는 변호사를 선임하겠다고 말한 이후 아무 연락도 없다. 이혼 서류는 여러 차례 보내 왔지만 사오리는 매번 찢어 없앴다.

무거운 걸음으로 계단을 올라가 작은 강아지를 안고 함께 침대에 들어갔다. 털이 긴 배럴은 매일 밤 그렇듯, 이불 속에서 잠시 돌아다니다 사오리의 종아리 사이에 찰싹 배를 깔고 눕는다.

이젠 겐타에게 애정을 느끼지 않는다. 느끼는 것이라면 배신당했다는 분노와 고독뿐. 집을 나가 버린 남편에게 설득 당할 것도 없이, 이미 예전으로 돌아갈 수 없다는 사실을 알고 있었다. 겐타가 돌아온다 해도, 자신은 두 번 다시 예전과 같은 마음으로 겐타를 대할 수 없을 것이다.

그래도 사오리는 헤어지고 싶지 않았다. 겐타와 둘이서 불행하게 지내는 편이 나았다. 겐타로 인해, 알지도 못하는 여자가 행복하게 사는 것보다는.

마미야 아키노부의 동생에게 맡긴 사진이 겐타에게 과거를 상기시켜 주길, 사오리는 바라고 있다. 그 과거 속에 이미 사오리 자신도 살고 있지 않을지언정.

이대로 해를 넘기고 싶지는 않았다. 둘이 구해, 둘이서 생활해 온 이 집에서 홀로 새해를 맞다니, 사오리로서는 상상조차 할 수 없는 일이다. 이건 명백히 겐타의 잘못이다. 문을 열어 주지 않았다지만, 정말로 집을 나가 버리다니……. 여자와 헤어지기만 했다면 문은 열어 줄 생각이었는데.

무엇보다 가슴에 사무치는 건, 겐타가 여자의 이름을 말하지 않았다는 사실이다. 바람피운 사실은, 애당초 사오리가 들춰낸 것이 아니었다. 눈치 못 채게 해 주었으면 좋았으련만. 그러나 겐타는 사오리와 헤어지고 싶다고 했다. 이유는 달리 좋아하는 여자가 생겼기 때문이라며, 같은 회사 동료라고 했다. 사오리로서는 듣고 싶지 않은 일을 억지로 고백해 놓고, 여자의 이름은 아무리 물어도 말해 주지 않았다.

―그건 중요하지 않잖아?

진지한 얼굴로 그렇게 말했다. 남편의 그런 진지한 얼굴은 오랜만이었다. 그 여자를 위해, 그런 얼굴을 하고 있는 거란 생각이 들었다.

—유감이네.

사오리는 자신이 그렇게 대답한 것을 기억하고 있었다. 흐느껴 울며, 손에 닿는 물건을 닥치는 대로 바닥에 내던졌다. 감정이 북받쳐 올랐지만, 그래도 겐타에게 부딪치지 않도록 주의해서 바닥에 던졌다. 더러는 벽에.

—옛날이었다면,

울면서 물건뿐만 아니라 말까지도 마구 내뱉었다.

—옛날이었다면 헤어져 줬을 텐데. 내가 당신을 사랑하던 시절이었다면.

얄궂은 일이라고 사오리는 생각했다. 상대방이 가장 원하는 것을 해 주고 싶을 만큼 서로 사랑하고 있을 때는, 그런 사태가 일어날 리 없는 것이다.

성가시게도 생겨먹었지.

쓸데없이 넓은 집 안에서, 사오리는 그런 생각을 하며 힘없이 웃었다. 마미야 아키노부라면 여자의 이름을 알고 있을지도 몰라. 발치에서, 배럴이 작고 평온한 숨소리를 내며 자고 있다.

코타는 흥이 나질 않았다.

여자친구인 혼마 나오미가 요즘 들어 자신에게 쌀쌀맞은 것 같다. 쌀쌀맞다기보다, 싸늘한 눈으로 자신을 보는 느낌이라고 말하는 쪽이 좀 더 가까울지 모른다. 단둘이 벌거벗고 지내는 친밀한 시간조차 나오미는 예전처럼 황홀하다 못해 숭배라고 해도 좋을 만한 눈빛으로 자신을 바라보지 않는다. 오히려 '이 남자를 계속 만나도 괜찮은 걸까' 라는 듯한, 불안한 눈빛으로 싸늘하게 본다. 적어도, 코타는 그렇게 느끼고 있었다.

있지, 있지……. 예전의 나오미는 코타와 단날 때면, 여동생 얘기며 영화 얘기, 잡지에서 본 '시크한' 코트며 새로 생긴 케이크 가게, 아르바이트하는 곳에 오는 별난 형제에 관한 이야기를 연신 '있지, 있지' 하면서 즐거운 목소리로 들려주었다. 적당히 맞장구를 치고 흘려들으면서도, 코타는 그런 나오미가 내심 귀여웠다.

흐음. 요즘 들어, 나오미의 어휘에 그 표현이 눈에 띈다. 흐음. 서운한 듯 그렇게 중얼거리고 눈을 내리뜨기 일쑤다.

―이번에 둘이서 어디 가지 않을래?

요전엔 그런 말을 들었다. 그때 이미 호텔에 있었는데 말이다.

―좋아.

그래도 코타는 그렇게 대답했다.

―다음번에.

라고. 나오미는 갑자기 실망한 표정으로 흐음, 하고 대답했다. 대체 어떤 대답을 기대했다는 건지.

―뭐든 얘기 좀 더 해봐.

늘 가는 패스트푸드점에서 그런 식으로 채근 당한 적도 있었다. 갑자기 뭐든 얘기하라는 요구에, 그래 그럼, 하고 응하는 남자가 과연 있을 거라 생각하는지. 앉은자리에서 햄버거 두 개를 해치운 자신을, 나오미는 표정을 읽을 수 없는 얼굴로 빤히 쳐다보았다. 그리고 말했다.

―나, 조금만 더 여기 있을래.

나오미를 소중히 여기는 마음은 있다. 솔직하고 단순한 점이 마음에 든다. 달콤한 것과 달콤한 표정의 영화배우―휴 뭐라든가―를 좋아한다는 유의 단순함이다. 그런 점에서 여자애답다고 코타는 생각한다.

장래까지 약속한 사이는 아니지만, 그렇다고 가벼운 기분으로 사귀는 것 또한 아니었다.

오늘도 비가 내린다. 올 겨울은 비가 잦아서 날씨까지 음울하다고 아키노부는 생각했다. 사오리와 전화며 메일을 주고받게 되어 테츠노부는 기분이 좋은 눈치지만.

오후 열 시. 형제는 채플린 영화를 보고 있다. 상점가 끄트머리쯤에 있는 작은 비디오 대여점에서 아키노부가 빌려 왔다.

그날 이후, 나오미가 일하는 비디오 대여점에는 가지 않고 있다. 여자 여럿이 집에 놀러왔던 날들은 아키노부에겐 완전히 과거가 되어 버렸다.

차라리 마음 편하다.

아키노부는 그렇게 생각했다. 이런 상태에는 익숙해져 있다. 이게 평범한 거다. 맥주와 커피우유. 자신과 동생의 일상.

낮에 오오가키 사오리가 회사로 전화를 걸어 왔다. 순간, 안 좋은 예감이 머리를 스쳤다.

―동생이 폐를 끼치고 있다죠?

인사도 하는 둥 마는 둥, 그렇게 묻지 않을 수 없었다. 사오리는 즉시 부정했다.

―아뇨, 전혀요. 저야말로 수선을 피워 죄송스런 마음인걸요.

사오리 입으로 테츠노부 따위 아무래도 좋다고 말한 건 아니었지만, 어쩐지 그런 느낌을 받았다.

―겐타가 좋아하게 된 사람에 관해서 말인데요.

사오리는 부드러운 음성으로 그렇게 말을 꺼냈다. 자신이 바람을 피운 것도 아닌데 아키노부는 가슴이 덜컥 내려앉았다. 머리가 어지럽고, 사오리에게 책망 당하는 듯한 기분이 들었다.

―확실하게 말해 두는 편이 좋을 것 같아서요.

허둥대는 아키노부는 개의치 않고 사오리는 아주 침착하게 말을 이었다.

―이대로는 모두가 너무 괴로워지니까요.

아키노부가 전화를 싫어하는 이유가 바로 거기에 있었다. 거는 사람이야 마음의 준비를 할 수 있지만, 받는 쪽은 그 일이 불가능하다.

―아, 오오가키 씨한테 연결해 드릴까요, 이 전화?

도망치고 싶은 생각에 그렇게 말했다. 애용하는 무릎덮개의 술 장식을 손가락에 휘감아 마음의 동요를 가라앉히려 했다.

―그이 번호라면 알고 있습니다.

사오리가 잘라 말했다. 이때 처음으로 아키노부는 오오가키 겐타를 진심으로 딱하게 여겼다. 원인이야 어찌 됐든, 솔직히 사오리란 여자가 너무 무섭게 느껴졌다. 테츠노부의 안위가 걱정될 정도로.

가만히, 사오리가 미소 짓는 것이 느껴졌다. 조그맣게 숨결이 새어나오는 기척이 났다.

―죄송해요.

그러고 나서 솔직하게 사과했다.

―아키노부 씨가 그이를 곤란하게 할 리 없다는 것을 뻔히 알고 있으면서.

아키노부에게 말참견할 실력은 없었다. 그는 "네에." 혹은 "죄송합니다." 하고 입을 떼다 말았다. '그러니까' 하고 강세를 넣어 사오리는 단숨에 용건을 전했다.

―그러니까, 그냥 그 사람에게 전해 주세요. 제가 이야기하고 싶어 하더라고. 이대로는 겐타가 제일 불쌍해지지 않겠냐고.

아키노부는 당황했다. 실컷 두들겨 맞은 복서가 된 심정이었다. 한시라도 빨리 타월을 던져 버리고 싶었다.
―이 전화, 오오가키 씨에게 연결하겠습니다.
엉거주춤 일어나 보류 버튼을 누르려던 아키노부의 귓전에서 사오리가 다시 한 번 미소 지었다.
―괜찮습니다. 전 아키노부 씨에게 부탁 드린 거니까, 아키노부 씨 판단에 맡길게요.
아키노부는 듣고 있지 않았다. 여자는 무섭다. 너무 무섭다. 보류 버튼을 누르고, 내선 번호를 눌렀다. 동요하는 바람에 무릎덮개가 바닥에 떨어지고 탁상 캘린더가 쓰러졌다. 오오가키 겐타가 전화를 받았지만, 외선 램프는 이미 꺼져 있었다.
오늘 밤은 채플린 영화를 보고 싶다.
수화기를 내려놓고 삐걱거리는 의자에 앉아, 대체 왜 자신이 이런 꼴을 당해야 하는지 탄식하고 있을 때 채플린 생각이 났다. 채플린은 세상의 불합리함에 무릎 꿇을 것 같은 기분일 때 위안과 용기를 준다. 그것은 등대만큼 확고한 빛은 아니어도 성냥팔이 소녀의 성냥불만큼은 도움이 되었다.
"오뎅 파티 말인데."
비디오를 다 보고 나서, 태평하게도 테츠노부는 그 이야기를 다시 꺼냈다.

"아무래도 안 될까?"

리모컨 조작은 기본적으로 테츠노부의 역할이다. '끼리릭' 도 '휘리릭' 도 아닌 소리를 내며 기계가 고분고분 움직인다.

"지겹다니까."

아키노부가 말했다. 나오미와 만나고 싶지 않은 이상으로, 사오리도 만나고 싶지 않았다. 유미도, 쿠즈하라 요리코도. 여자들은 하나같이 무섭고, 자신이 감당하기에는 버겁다는 생각이 커질 만큼 커져 있었다. 아키노부에게는 옛날부터 친숙한 감정이었다. Hello darkness, My old friend(그대 어둠이여, 나의 오랜 친구여).

"유미는 오고 싶어 하던데."

테츠노부의 말에 아키노부는 귀를 의심했다.

"이야기했냐?"

믿어지지 않았다. 정말 믿을 수가 없었다. 그 여자들을 모아서 오뎅 파티를? 이 녀석은 대체 무서움이란 걸 모르는 걸까?

"아직 정식으로 초대하진 않았어."

테츠노부는 변명하듯 말했다. 최근 줄곧 곤포 작업을 한다더니 양손이 거슬거슬하니 거칠다.

"이야기만 했다고."

덜커덕 하고 큰 소리를 내며 비디오테이프가 멈추었다.

"그게 뭐가 달라."

테츠노부가 목을 움츠린다.

"이야기할 생각은 아니었는데, 유미가 워낙 예리해서……."

아키노부는 실소했다.

"예리해서, 오뎅 파티 예감이 들었다고?"

"알았으니까 그만 해."

테츠노부가 부루퉁한 얼굴로 말하고 나서, 꺼낸 비디오테이프를 케이스에 담아 까칠해진 손으로 아키노부에게 건넨다.

"나오미도 걱정하고 있는 모양이야. 형이 갑자기 비디오 대여점에 발길을 끊어 버려서."

이번엔 아키노부가 부루퉁해질 차례였다.

"당연하잖아."

아키노부 입장에서는 그저 모든 것이 싫어졌다. 더구나 왜 테츠노부와 말싸움까지 해야 하는지 알 수 없었다. 서로의 애인을 빼앗았다든지, 결혼이나 상속 문제로 옥신각신한다면 또 몰라도, 아무 관계도 없는 여자들 일로.

"그만 자자."

그래서 이렇게 말했다. 힘없는 목소리였지만, 시비조보다는 낫다고 생각했다.

"형은 말이야."

방을 막 나가려는 아키노부의 등 뒤로 테츠노부의 말이 날아든다.

"형은 바로 도망쳐 버리는 데 문제가 있는 것 같아."

혼마 나오미는 추운 계절을 좋아한다. 눈이 내릴 정도로 추운 계절이 아니라, 그 직전의 딱 요맘때 같은 날씨. 공기가 팽팽하고 맑아서, 자신의 피부까지 투명해지는 느낌이다. 낙엽을 밟으며 걷는 감촉도 무척 근사하다.

옆에서, 동생 유미는 낙엽을 걷어차면서 걷고 있다. 콧노래를 부른다. 자매는 오늘, 무척 좋아하는 백화점 '이세탄'에서 쇼핑을 하고, '다카노'에서 푸르츠 파르페를 먹은 덕분에 기분이 좋다. 유미는 새 부츠를 사고, 나오미는 코타와 같이 하려고 커플 팔찌를 샀다.

코타와는 다음 달에 여행을 가기로 약속했다. 코타 쪽에서 제안한 일이다.

―전에 합숙하러 갔던 곳인데, 운치가 있어. 나오미가 좋아할

것 같은 분위기야.

장소는 나가노라고 한다. 물론, 행선지야 어디든 상관없었다.

─일단 수영복도 가져와. 어디서 수영할지도 모르니까.

코타는 그런 말까지 해서 나오미를 놀라게 했다. 수영복. 12월에.

이런 거야. 나오미는 생각한다. 이런 것이 바로 코타의 주특기이자 특별한 점이다. 나를 놀라게 하고, 간단히 일상을 특별하게 만들어 버린다.

─언니는 너무 물러서 탈이야.

유미에게는 그런 말로 웃음을 샀지만, 좋아하는 남자 앞에서 물러지지 않으면 어디서 물러진단 말인가.

"기분 좋다."

나오미는 시리도록 파란 하늘을 올려다본다. 요요기 공원은 넓고 탁 트여서, 백화점에서 돌아오는 길에 산책하기에는 마침맞은 장소다.

"만남은~ 바람 속, 사랑에 빠진 그~날~부~터~."

유미가 노래를 흥얼거리고 있다.

"연못 쪽으로 가 볼까?"

나오미가 묻자, 노래는 멈추지 않고 그저 고개만 끄덕인다. 시든 풀 냄새가 난다.

―그 형제, 이번엔 오뎅 파티를 할 모양이야.

푸르츠 팔러(Fruits Parlor)에서 유미가 말했다.

―언니도 가자, 코타랑.

나오미는 미간을 찌푸리며 글쎄, 라고 대답했다. 정말로 가야 할까, 코타랑? 나한테는 애인이 있답니다, 라는 얼굴을 하고? 그거야말로 여봐란 듯한 태도가 아닐까. 하지만 혼자 속단하여 갑자기 아키노부를 피하는 것도 예의가 아닐 듯싶다.

어둡고 탁한 녹색을 띤 연못 수면에 살짝 잔물결이 일었다. 곳곳에 놓인 벤치는 거의 비어 있고, 나이 지긋한 남성과 여성이 띄엄띄엄 앉아 있을 뿐이다.

"물가는 춥네."

나오미가 볕이 잘 들 것 같은 벤치를 골라 걸터앉는다. 저녁 햇살은 아름답지만 엷다.

"빼빼로 먹을래?"

유미가 가방에서 과자를 꺼낸다.

"조용하네."

차분한 목소리다.

나오미는 비디오 대여점 아르바이트를 올해까지만 하고 그만

둘 예정이다. 점장에게도 이미 얘기해 두었고, 환송회 비슷한 것도—아마도 망년회를 겸한—있을 예정이다. 지금 하는 아르바이트는 나오미의 대학 생활에서 큰 부분을 차지할 정도로 마음에 들었다. 3학년이 되고부터는 거의 생활의 중심이었다고 해도 과언이 아니다.

시간은 흘러간다.

새가 떠 있는 수면을 바라보며, 기대인지 불안인지 알 수 없는 기분으로 나오미는 생각한다.

내년 이맘때, 내후년 이맘때 나는 무얼 하고 있을까. 그곳에 코타는 있을까. 유미도 이제 곧 고등학교를 졸업한다.

"우리 이렇게 둘이서 쇼핑하고, 어슬렁어슬렁 산책할 수 있는 것도 지금뿐인지 모르겠다."

똑똑 소리를 내며 **빼빼로**를 깨물어 먹던 유미가 호들갑스럽게 눈을 휘둥그레 뜨고 나오미를 바라본다.

"무슨 소리야? 그런 일이 있을 리 없잖아."

먹으라니까, 하며 과자를 내민다.

"마미야 형제를 봐. 지금껏 함께 놀잖아."

유미는 발을 대롱거리며 그렇게 말하고 웃는다.

거리는 이미 연말 분위기에 젖어 있다. 사람들은 코트 차림으로 분주히 걷고, 여기저기서 음악이 흘러나오고, 레스토랑의 불빛은 한층 더 화려하고 따스해 보인다.

그러나 그런 북적임도 분주함도, 이 가게 안까지는 미치지 않는다. 육중한 문 탓인지 지나치게 비싼 가격 탓인지, 모던한 인테리어의 어둑한 바 안은 여느 때와 다름없이 시간이 멈춘 듯 조용하다. 무심코 있다 보면 계절조차 잊을 정도다.

키가 큰 오오가키 겐타는 상체를 약간 숙인 자세로 스툴에 걸터앉아 있다. 위스키 잔을 손에 들고, 수척해 보이는 단정한 옆얼굴로.

―오오가키 겐타라는 사람, 어떻게 생겼어?

요즘 들어 동생에게 종종 그런 질문을 받는 마미야 아키노부는, 연상의 동료를 관찰한다. 왼쪽 눈 밑에 작은 점이 있다. 얼굴의 윤곽이 뚜렷하고, 피부색은 희다.

―키는 몇이야?

동생은 그런 것도 알고 싶어 한다.

―야구는 어디 팬이야?

―형이 보기에 단점과 장점은?

"뭘 그렇게 보나?"

겐타가 아키노부를 보고 묻는다. 입가에 가벼운―그러나 여유를 담아―미소를 띠고 있다. 느긋해 보이는 얼굴이라고 아키노부는 생각했다.

"아무것도 아닙니다."

좋은 남자라는 생각에, 라고 덧붙인 건 빈말이 아니었다. 실실거리며 말했지만 본심이었다. 아무리 고민이 돼도, 겐타는 오늘 밤 내색 한 번 하지 않았다. 단골 가게의 스카치 한 잔, 그리고 아키노부와 안자이 미요코가 곁에 있는 것만으로도 충분히 만족스럽다는 듯한 얼굴을 하고 있다. 아키노부로서는 도저히 흉내 낼 수 없는 재주였다.

"뭐야? 녀석하고는."

겐타와 미요코가 가볍게 쓴웃음을 교환하며 어깨를 으쓱해 보인다.

아키노부의 눈에, 두 사람은 이 자리를 즐기고 있는 것처럼 보였다. 차분하게, 평소 그대로. 사오리 따윈 이 세상에 존재하지 않는다는 듯이.

미요코가 담배에 불을 붙인다. 주의 깊게 귀 기울이지 않으면 들리지 않을 만큼 아주 잔잔하게 흘러나오는 백뮤직에 맞춰 몸을 흔들면서.

"연기가 눈에 들어가 따갑겠어요."

아키노부의 말에, 미요코는 성냥을 흔들어 끄면서 고개를 끄덕인다. 갈색으로 물들인 짧은 머리카락.

아름답지 않은 건 아니다. 아키노부는 생각한다. 반짝거리지 않는 보석 귀걸이도, 앞이 뾰족한 숏부츠도 제격이다. 아마 고급 제품이리라.

그러나 안자이 미요코는 이미 쉰 살이다. 웃으면 눈가에 주름이 잡힌다. 오오가키 겐타가 아내를 버리면서까지 이 여성에게 빠져 있다는 사실이, 아키노부로서는 이해가 되지 않았다.

사오리의 전화를 받은 날, 아키노부는 도리 없이 그 이야기를

마미야 형제 251

미요코에게 전했다.

―나하고는 관계없는 일인걸.

미요코의 대답은 그뿐이었다. 다른 사람이 들으면 안 될 것 같아 휴대전화를 들고 일부러 회사 밖에까지 나와 미요코의 자리로 직접 걸었는데. 곧이어 겐타에게도 전화를 걸었다. 일단 보고해 두는 게 좋을 것 같았기에.

―고마워. 그리고 미안해.

겐타의 대답도 아주 간결했다. 겐타 잘못이 아닌 줄은 알지만, 자기 혼자 갈팡질팡하는 것 같고, 덤으로 테츠노부까지 엮여 있다고 생각하니 암담했다. 회사 마크가 들어간 맥주를 올려다보며, 아키노부는 한숨을 쉬었다. 한숨과 함께 세상에 흔해 빠진 것이 연애 사건이련만 어째서 자신에게만 일어나지 않을까 하는 생각이 떠올랐다. 그러면서 성가신 일만 뒤집어쓰는지.

맥주에 질린 아키노부가 미즈와리(위스키에 물이나 얼음을 넣어 묽게 만든 것)를 주문했다. 옆에서 오오가키 겐타는 공장 이야기를 하고 있다. 가을에 아키노부가 출장 다녀온 그 공장이다. 겐타도 그리로 자주 출장 가는 데다, 똑같은 사람들을 만나 똑같은 요릿집에 끌려 다니고 있었다.

미요코는 맞장구 대신 간간이 웃음소리를 집어넣었다. 비둘기가 목을 울리는 소리 비슷한, 낮고 짧은 웃음소리다. 마치 오오가키 겐타의 이야기가 만담처럼 재미있고 멋진 이야기라도 되는 듯이. 두 사람이 자유로운 독신의 연인 사이이고, 괴롭거나 곤란한 일 하나 없다는 듯이.

회사란 초등학교와 똑같다.

미즈와리를 꿀꺽 들이켜고 아키노부는 생각했다. 모두 태연하게 주위에 불편을 끼친다. 이것저것 생각해서 신중해져 봤자 말짱 헛일이다.

"우리 집 소파 바꿀까봐."

아키노부에게 둘 사이가 알려졌다는 체념 때문인지, 혹은 안도감 때문인지 미요코가 겐타에게 그런 말을 꺼냈다.

"하얀 데 세데(De Sede) 사고 싶은데."

"그럼 보러 가자."

겐타는, "그런데 그거 어디서 파는 거야?" 하고 덧붙여 묻는다. 미요코가 또다시 비둘기처럼 낮고 짧게 웃는다.

맘대로들 하세요.

아키노부는 속으로 이렇게 말하고, 글라스의 술을 단숨에 들이마셨다. 조용하고 어둡고 화려한, 12월의 바 한구석에서.

"돌아왔노라, 돌아왔노라, 돌아왔노라."

세 번 연속해서 소리를 지르며 말투도 발걸음도 괴상해진 아키노부가 귀가했을 때, 테츠노부는 자기 방에서 따끈한 커피우유를 마시면서, 오오가키 사오리에게 선물할 MD를 편집하고 있었다.

자신이 형 이상으로 말주변이 없다는 것을 잘 아는 테츠노부에게 음악은 강력한 아군이었다. 씩씩하게 고독과 싸우고 있는(그럴 것이 틀림없는) 사오리에게도 음악은 위로가 되고, 용기를 줄 수 있는(그럴 것이 틀림없는) 것이니까, 스스로도 좋은 선물이라는 생각이 들었다.

곡목도 한참 생각해서 결정했다. 퀸으로 시작해서 빌리 할리데이와 딥 퍼플을 중간에 넣고 폭풍 슬럼프로 마무리 짓는다. 이거라면 용기가 솟을 것이다. 테츠노부 같으면.

러브송도 주도면밀하게 짜 넣었으니, 마음도 확실히 전할 수 있다.

"있냐, 테츠노부?"

발소리로 짐작컨대, 오늘 밤의 아키노부는 적어도 구두만은 제대로 벗을 수 있었던 모양이다.

"시끄럽구먼."

테츠노부는 혀를 차며,

"있어!"

하고 소리쳐 대답한다.

"있는 게 당연하잖아. 지금이 도대체 몇 시인 줄 알고."

불평을 늘어놓으면서 자기 방을 나온다. 복도가 싸늘하다. 거실 난방을 틀어 두면 좋았을걸. 테츠노부는 후회했다.

출퇴근용 검정 코트 차림 그대로, 아키노부는 부엌에 서서 물을 마시고 있다.

"또 오오가키 씨야?"

테츠노부가 리모컨을 집어 들어 난방 스위치를 켜며 부엌을 향해 소리친다. 그러나 아키노부는 거기에는 대답하지 않고 느닷없이 말했다.

"테츠노부, 오오가키 사오리 따윈 관두라니까. 그 세 사람, 완전히 엉망진창이야."

테츠노부는 화내지 않으려 애썼다. 상대는 주정뱅이다.

"듣고 있냐, 테츠노부?"

내버려 둬, 하고 작은 소리로 대답한다. 오오가키 겐타한테서 무슨 소릴 들은 걸까? '내 아내한테서 손 떼라고 동생한테 전해.' 라든지, '안 그러면 내가 네 동생한테 무슨 짓을 할지 몰라.' 라든지. 오오가키 겐타는 강할까?

"알아들었냐? 사오리는 좋지 않다고 말했다."

가까이 다가온 아키노부가 테츠노부의 어깨에 양팔을 얹으며 거의 온몸의 무게를 실었다.

"너한테는 무리야. 세상을 모르니까."

게슴츠레한 눈으로 더욱 열을 올려 말한다.

"세상은 괴이하고 무서운 장소라고. 마치 초등학교 같단 말씀이지."

뒷부분은 '말쑤이지'로 들렸다. 초등학교? 테츠노부는 속으로 웃었다. 내가 헤밍웨이가 되는 장소 아닌가.

"됐으니까 그만 들어가서 자. 코트 좀 벗고."

"테츠노붓!"

아키노부는 비틀거리며 동생 손에 몸을 의지하고 서 있다.

"앞으로도 둘이서 살자. 조용히, 지금처럼."

뭐야. 형을 침실로 데려가면서 테츠노부는 이해할 수 있었다. 동생의 행복을 바라면서도, 형은 쓸쓸한 거다.

"화장실 말고 다른 데 토하지 마, 알았지?"

어조가 부드러워졌다. 언젠가 여기를 나가게 돼도. 테츠노부는 생각한다. 여기를 나가게 돼도, 나는 형을 내버려 두어서는 안 된다. 그게 누구든 내 여자도—지금은 우선, 사오리의 얼굴을 떠올린다—그러길 바랄 것이다.

아키노부 방에서 바지 벨트 끄르는 소리가 작게 들린다.

테츠노부의 사랑에는 아군이 딱 한 명 있었다. 혼마 유미다. 유미가 예리해서 말이야, 라고 아키노부에게 한 말은 거짓이 아니었다.

―낯기도 하지. 귀여워라.

언니인 나오미와 많이 닮은 목소리로, 유미는 감탄사를 연발했다. 초등학교의 구교사로 들어가서 바로 왼쪽, 아이들이 손을 씻고 양치질도 하는 장소에, 두 사람은 있었다.

―수도꼭지, 반짝반짝하네.

테츠노부는 가슴을 폈다.

―이거, 넋 놓고 있으면 금세 하얗게 물때가 껴 버린다니까.

시선이 느껴져 돌아보는데 유미와 눈이 마주쳤다. 조금 전까지만 해도 무릎을 굽힌 채 "낯기도 하지. 귀여워라." 하고 말했던 거울 앞에서 자신의 얼굴을 찬찬히 들여다보고 있었다.

―다행이야.

생긋 웃으며 유미가 말했다. 교복 하의인, 좀 심하게 짧은 플

리츠스커트는 타탄 체크무늬다.

―다행이라니?

되묻자, 아직 어린 소녀는 후후후 하고 소리 내어 웃었다.

―테츠노부 씨, 지난번엔 뚱하니 기운 없어 보였는걸.

―좋은 일 있는 거야? 애인이 생겼다던가?

얼마 전부터 유미는 테츠노부에게 존댓말을 쓰지 않는다.

―설마. 진짜?

자기가 말해 놓고, 테츠노부가 부정하지 않자 유미는 괴상한 소리를 질렀다.

―아직 그럴 정도의 사이는 아니지만.

이 정도 말로 부정한 테츠노부는 쑥스럽지만 행복한 기분이었다.

―으엑, 세상에나.

유미는 눈이 휘둥그레지더니 아무래도 의심스럽다는 듯이 물었다.

―정말?

테츠노부가 진지한 얼굴로 끄덕이자, 유미는 마치 꽃이 피어나듯 활짝 웃었다.

―꾸에엑, 세상에나.

첫 번째의 '세상에나'와 명백히 다른 울림이었다.

―어떤 사람? 만나게 해 줄 거야? 보고 싶어.

테츠노부로서는 오뎅 파티 계획이 있다고 이야기하는 수밖에 없었다.

시트를 한참 세탁하지 않아 어쩐지 눅눅하지만, 그래도 자기 혼자 쓰니까 해는 없을 거라 여기며 침대 위에 책상다리를 하고 앉았다. 그리고 완성한 MD를 확인하기 위해 헤드폰을 끼고 들으면서, 그날 헤어질 때 유미가 한 말을 떠올렸다.

―나, 응원할게요.

교무원실에서 만화 잡지를 읽느라 내막을 돌랐을 남자친구는, 유미의 밝고 힘찬 목소리에 의아스러운 듯 턱을 당겼다.

응원한다.

느낌이 좋은 말이라고 테츠노부는 생각했다. 젖비린내 나는 소녀에게 그런 격려를 받았다고 사오리에게 털어놓으며 함께 웃을 수 있는 날이 오면 좋겠다고 생각했다. 꼭 올 거야, 하고 스스로에게 말해 주었다.

　마미야 쥰코의 교육 덕택이라 할 수 있겠지만, 형제는 동짓날이면 반드시 단호박을 찌고 유자탕에서 목욕을 한다(일본에서는 동짓날에 단호박을 먹으면 액막이가 되고 중풍에 걸리지 않으며, 유자를 띄운 물로 목욕을 하면 추위로 튼 살을 치료해 준다는 속신이 있다_옮긴이). 아키노부도 매년 이날만큼은 동생보다 앞서 목욕하겠노라 마음 먹는다. 매번 주의를 줘도, 테츠노부는 유자를 흐물흐물하게 만들어 버리는 것이다.

　"꽉 쥐는 감촉이 좋아."

　이렇게 말하면서.

　"그냥 띄우기만 하면 재미없잖아. 꽉 쥐면 물에 불린 껍질이

찢어져서 좋은 향이 나고, 손가락 사이에서 씨앗이 흘러내리는 것도 기분 좋아."

그렇게 하면 과즙이며 과육 때문에 물이 뿌옇게 되면서 지저분해지는 데다, 몸을 담그면 살갗이 따끔따끔하다. 아키노부는 그게 싫었다.

"하지만 나도 처음부터 으깨지는 않아. 유자가 단단할 때는 던져 올리고 받고 하는 게 꽤 재미있으니까."

테츠노부는 그런 동생이었다.

그래서 아키노부는 올해도 먼저 욕조에 들어앉았다. 허옇고 마른 자신의 알몸과 동그스름하니 두둥실 떠 있는 노란색 유자.

아키노부의 목욕 시간은 대체로 짧다. 어릴 적엔, 몸에 물만 겨우 묻힌다고 어머니에게 자주 야단맞았다. 목욕이 싫은 건 아니지만, 실오라기 하나 걸치지 않은 모습으로 오랜 시간 있는 것이 불안해서, 어쩐지 안절부절못하게 된다. 현기증이 나는 것도 무섭고. 현기증까지는 아니더라도 장시간 목욕을 하면 밖에 나와서도 땀을 흘린다. 땀을 씻기 위해 하는 목욕인데 도로 땀이 난다면 어쩐지 손해 보는 느낌이 든다.

그래도 동지에는 평소보다 아주 조금은 더 욕조에 들어앉아 있다. 올해도 다 갔구나 생각하니, 자신도 테츠노부도 어머니도 할머니도 무사히 한 해를 보낼 수 있어 다행이라는 생각이 든다. 작년에도 그런 생각을 했고, 내년에도 마찬가지일 거라 생각한다. 그것은 흡족한 기분이다. 흡족한, 그러면서도 조금은 쓸쓸한 기분.

테츠노부의 목욕 방식은 전혀 다르다. 다 벗고 있기를 좋아하고, 땀이 나는 것도 좋아한다. 콧노래 소리가 마이크 소리처럼 울리는 것도. 때문에 자연히 형에 비해 목욕 시간이 길어진다. 손에 딱 들어맞는, 볼 대용 유자가 있는 밤에는 특히나.

형제는 지금, 저마다 매끈매끈한 피부를 빛내며 거실에서 책을 읽고 있다. 아키노부가 읽고 있는 것은 야마모토 쥬고로의 작품—이제까지 몇 번을 읽었는지 모른다—이고, 테츠노부가 읽고 있는 것은 조지 오웰의 작품이다. '겨울밤에 어울리는 것'이라는 테마를 가지고 각자 책장에서 골랐다. 신간 서적도 좋아하지만, 이미 읽은, 익히 아는 책을 다시 읽는 것을 둘 다 좋아한다. 난방이 과해 실내 공기가 건조하고, 저마다 책에 열중한 나머지 자정을 넘겨 각자 방으로 돌아갈 무렵에는 죄다 입술이 거슬거슬하게 말라서 '잘 자'란 한마디를 하는 데도 위화감이 들 정도였다.

테츠노부의 사랑은 시작과 마찬가지로 갑작스럽게 끝났다. 허망하고 혹독하게, 그리고 언제나 그렇듯이.

　MD를 선물하고 며칠이 지나도록 답변이 없어 애를 태우던 테츠노부는, 한낮의 교무원실에서 전화를 걸었다. 그때까지의 상냥함은 거짓인 양, 오오가키 사오리는 데면데면한 목소리로 전화를 받았다.

　선물에 대해서는 고맙다고 했지만, 아무래도 인사치레일 뿐 마음에 든다 안 든다 말도 없이 바로 전화를 끊으려 했다.

　돌변.

　테츠노부로서는 그런 생각이 들었다. 익숙한 일이다. 느낌이 좋다 싶은 여자는 내 쪽에서 좋아하게 되면 갑자기 돌변한다. 알고 있었다. 테츠노부는 생각했다. 돌변 그리고 암전.

　"핫케이크."

　테츠노부는 마지막 희망을 걸고, 말을 입 밖에 내고 있었다. 막다른 곳에 몰린 기분이 들 때면 늘 그렇듯 빠른 말로 지껄여댔다.

　"핫케이크 안 드실래요? 왜 있잖아요, 우리가 처음 만났던 가게에서. 그때 못 사 드렸으니까. 여덟 시를 넘겨서. 많이 웃으셨죠, 아쉽다면서. 핫케이크는 좋아하는데, 벌써 몇 년째 못 먹었다고 말씀하셨죠?"

그날 밤. 하얗고 작은 얼굴을 숙이고 있던 사오리는 당장이라도 부서져 버릴 듯이 보였다. 하지만 덧없다기보다 심지가 굳어 보였고, 야윈 뺨이 까뜨린느 드뇌브와 닮아 있었다. 가게를 나와서도 쿡쿡 웃었다. 핫케이크 아쉽네요, 라고 말했다.

"처음 만났던 가게."

사오리는 천천히 되뇌었다.

"하지만 한 번밖에 뵙지 않았죠."

지친 듯한 작은 음성이었다.

"예에, 그 가게, 한 번 뵈었던 가게, 저희 집 근처. 장소, 기억하세요? 혹시 방향치? '여자는 방향치'라든가 하는 책이 있었죠? 전 읽지 않았지만."

스스로 생각해도 엉망진창이었지만 멈출 수가 없었다. 정신없이 지껄여 대면, 듣고 싶지 않은 말을 듣지 않을 수 있다고 생각하는 듯했다.

"약도, 그려 드릴까요?"

하고는,

"팩스 있으세요?"

라는 말까지 했다. 사오리는 대답하지 않았다. 마음속으로 누차 그려 본 미래, 둘 중 누구에게나 결코 불가능하지 않을 미래―함께 핫케이크를 먹는 가까운 미래부터, 사오리의 이혼이 무사히 성립되고, 그 옆에 테츠노부가 있는 빛나는 미래까지―가 맥없이 허물어지는 것을 느꼈다.

"제가."

사오리가 말했다.

"제가, 무슨 이유로 거기에 가는 거죠?"

매서운 어조라고 테츠노부는 생각했다. 매섭고 지긋지긋하다는 목소리라고.

"아마."

사태를 정확히 이해하면서 테츠노부는 말했다. 자신은 또 거절당할 것이다. 지금 거절당하고 있다.

"아마, 무리도 아닐 겁니다."

말은 자연스럽게 입을 통해 나왔다. 스스로도 놀랄 만큼 차분하고 슬픈 저음이었다.

"잘 알지도 못하는 남자가 따라다니는 것도, 성가시달까 왠지 겁이 나겠죠. 사오리 씨는 아직 오오가키 씨를 잊지 못하고 계실 테고, 저와 핫케이크 따위 먹어 봤자 의미 없다고 생각하시는 건 알겠습니다."

하지만. 테츠노부는 계속했다. 앞으로 사오리와 사귈 일은 없으리란 걸 알고 있었다.

"하지만 인생은 아직 많이 남아 있고, 미움에서는 아무것도 생겨나지 않아요."

사오리는 아무 말이 없었다.

"끊겠습니다."

테츠노부는 그대로 수화기를 내려놓았다.

학창 시절 친구한테 소개받은 남자. 독신인 데다 예의 바른 점은 인정하지만, 그뿐이었다. 펜스와 교사 사이, 비스듬히 놓인 은색 기둥 빽빽이 자전거가 세워져 있는 통로를 걸으며 요리코는 멍하니 생각에 빠졌다. 숨결이 하얘질 정도는 아니지만, 추워서 저절로 양팔을 껴안게 되는 날씨다.

무겁게 드리워진 잿빛 하늘이다.

남자는 신주쿠의 갤러리에서 열리고 있는 사진전을 보러 가고 싶다고 했다. 요리코는 따라갔다. 어련무던한 대화를 했다. '사진 좋아하십니까?' 라든지, '전람회에는 자주 다니시나요?' 같은.

―이거, 좋네요.

요리코의 말에도 남자는 반응하지 않았다. 숏팬츠 차림의 두 백인 여성이 무릎까지 강물에 담그고 수면을 바라보고 있는 흑백 사진으로, 화면 오른쪽에는 키 큰 갈대가 무성했다.

갤러리를 나와 중화요리를 먹으러 갔다. 거기서도 똑같은 대화가 반복되었다. '중화요리 좋아하십니까?' 라든지 '이 가게에는 자주 오시나요?' 같은. 처음 만나는 남녀가 나누는 흔해빠진 대화.

―이거, 정말 맛있네요.

요리 하나를 가리키며 요리코가 말해도, 남자는 애매하게 미소만 지을 뿐이었다. 따분한 남자였다. 데이트는 고통까지는 아니었지만, 즐거운 시간도 아니었다. 뭐, 처음에는 다 그런 것인지도 모른다.

인정하고 싶지는 않지만.

신교사로 이어지는 복도를 걸으면서 생각한다. 인정하고 싶지는 않지만, 지압 샌들 신은, 처자식 딸린, 옛 애인이자 동료 쪽이 훨씬 나았다. 그가 고기만두를 좋아한다는 사실을 요리코는 알고 있다. 사진보다는, 사진 속 풍경을 찾아 실제로 떠나는 것을 좋아하는 남자라는 것도.

어쩔 수 없다. 도서실 문을 열고 사서에게 미소 짓는다. 상처가 아물려면 시간이 걸리리라.

　책상 위에 도감을 포함한 책이 대여섯 권 쌓여 있고, 맨 위에 요리코가 쓴 메모가 놓여 있다.

　"전부 있습니다."

　사서가 말했다. 그때 책장 사이에서 테츠노부가 얼굴을 내밀었다. 오래되어 보이는 책을 한 권 손에 들고서.

　"안녕하세요."

　요리코가 인사했다. 테츠노부 손 안의 책이 호시 신이치의 소설집임을 알아채고, 어쩐지 어울린다고 생각했다.

　"안녕하세요."

　테츠노부도 대답했지만 목소리는 가라앉아 있었다. 기운이 없다기보다, 눈에 보이게 언짢은 기색이다.

　"춥네요."

　요리코는 상냥하게 말하며 창밖을 보는 포즈를 취했다. 아양을 떨 생각도 그럴 필요도 없었지만, 요리코에게는 예의이자 몸에 배다시피 한 태도이다.

　테츠노부는 변변히 대답도 하지 않았다. 망연한 표정 그대로, 사서 카운터 앞에 섰다. 분노를 머금은 통통한 뒷모습은 현대판 옹고집 영감 같다.

정말이지.

요리코는 속으로 한숨을 쉰다. 정말이지, 남자들이란.

쌓여 있는 책을 안고, 사서에게 웃는 얼굴로 인사를 했다. 자랑거리인 머리카락이 어깨 조금 아래에서 찰랑거린다.

마미야 테츠노부한테서 온 여러 통의 전화며 메일은 사오리에게 아무런 영향도 주지 못했다. 굳이 말하자면 다소 성가신 일이었고, 남의 가정 문제는 내버려 두었으면 싶었다.

테츠노부가 자신에게 특별한 감정을 가졌으리라고는 상상도 하지 못했고, 알았다 한들 아무 의미 없는 일이었다. 부질없다. 사오리는 그렇게 생각했다. 마미야 아키노부의 동생이 나에 대해서 대체 뭘 알고 있다는 건지.

그리고 그 봉투.

겉에는 이름뿐, 주소도 우표도 없었다. 이 집까지 찾아와서 우편함에 넣고 갔다고 생각하니 불안한 마음도 생겼다. 스토커. 그런 것 아닐까. 마미야 테츠노부에게 도대체 내가 무슨 오해 살 만한 짓을 했다는 걸까.

봉투의 내용물은 MD였다. 편지나 메모는 들어 있지 않았고, '음성 편지'라면 어쩐지 기분 나빠, 망설이다가 결국 듣지 않고 쓰레기통에 버렸다. 페트병이나 알루미늄 호일 등 타지 않는 쓰레기를 모아 두는 하얀 쓰레기통 안에.

"자, 이제 끝."

안아 올린 배럴에게 속삭였다. 자신이 결백할 수 있었다는 느낌이 들어 기분이 좋았다.

그러나 곧 테츠노부한테서 전화가 걸려 왔다. 제멋대로라고 사오리는 생각했다. 상냥하고 느낌 좋은 아키노부에게는 미안한 마음이 들었지만, 테츠노부에게는 확실히 말하지 않으면 안 될 것 같아서 그렇게 했다.

전화를 끊는 순간, 저도 모르게 눈물을 흘리고 있었다. 울었다기보다, 눈물이 흘렀다. 자신의 의지와는 상관없이 주르륵 하고, 두 줄기 눈물이.

겐타를 좋아했다. 그리고 겐타 역시 예전에는 분명 자신을 사랑해 주었다. 정말 좋아해. 달콤한 목소리로 쑥스러운 듯이, 몇 번이고 그렇게 말해 주었다.

분한 마음뿐이다. 겐타에게 미련이 있는 게 아니라, 겐타와 그 여자를 행복하게 놔둘 수 없을 뿐이라고 여겼다. 분하고 괘씸할 뿐, 슬프지도 쓸쓸하지도 않았다.

나는 슬펐던 거다.

전화기를 손에 든 채, 거의 망연자실한 상태에서 사오리는 가까스로 이해했다. 나는 이토록 슬펐던 거다.

겐타를 곤경에 빠뜨리고 싶었다. 난처하게 만들어, 상처 입히고 싶었다. 하지만……. 사오리는 그 발견에 오히려 놀랐다. 하지만 실제로 지금 곤란한 것은 자신이고, 상처 입은 사람 또한 자신이었다. 마미야 테츠노부의 목소리가, 그 점을 가차 없이 일깨워 주었다.

 예년과 마찬가지로 형제는 설 연휴를 시즈오카에서 보냈다. 홍백 가요제는 어머니를 포함한 셋이서 점수를 매겨 가며 보았고, 정월 초하루에는 가족끼리 오붓하게 명절 음식을, 이튿날에는 친척들과 함께 스키야키를 먹었다.

 센겐 신사에 새해 참배하러 가서, 어머니에게 교통안전 부적을 사 드렸다. 사흘 내내 날씨가 좋아서, 낮은 지붕들 위로 펼쳐진 파란 하늘을 보며 아키노부는 '모네의 그림 『양산을 든 여인』 속의 하늘 같다'고 생각했고, 테츠노부는 '에릭 클랩튼이 활약한 BLIND FAITH의 레코드재킷'을 떠올렸다.

 짧은 휴가지만 미호의 소나무 숲에도 다녀왔고, 뒤뜰에 어머니가 증축한 아틀리에에서 신춘 휘호를 대신하여 접시에 그림도 그렸다.

"역시! 너희는 옛날부터 그림에 소질이 있었지."

보고 있던 어머니는 고개를 끄덕이며 말했지만, 형제는 둘 다 양식 없는 인간은 아니었으므로 겸연쩍어하지도, 놀라지도, 믿지도 않았다.

둘은 귤을 산처럼 까먹었다. 별 재미없는 TV 프로그램을 보면서 하나씩 껍질을 벗겨 먹고는, 그 껍질을 겹겹이 쌓아 놓는다.

"오층탑."

어릴 적에 그랬던 것처럼 테츠노부가 말하자, 아키노부는 어이없어했다. 바로 그때,

"신칸센 보고 왔어."

라고 테츠노부가 말했다. 두 사람의 사진으로 둘러싸인 거실. 기둥에는 새 일력(日曆).

"언제?"

아키노부는 동요를 감추며, 애써 별일 아니라는 듯이 물었다.

"여기 오기 전. 동지 바로 지나서."

테츠노부는 아키노부와 눈을 마주치려 하지 않았다. 그러나 희미하게 미소 짓고 있는 걸로 보아, 적어도 혼란스러운 기분은

진정되었으려니 하고 아키노부는 짐작했다.

"그러냐?"

자세한 사정을 물을 생각은 없다.

"잘됐네."

그저, 그렇게 말했다.

"너의 장점을 모르는 여자라면 필요 없어."

자신의 말이 형이라기보다 아버지 같았다는 것을 깨닫고, 당황하여 다시 귤에 손을 뻗었다. 고타츠 안에 집어넣은 발이 뜨겁다.

알아줄 여자가 어딘가에 있을까?

둘은 같은 생각을 했지만 입 밖에 내지는 않았다.

"이런, 껍질은 바로바로 버려야지."

얼굴을 내민 어머니가 서슴없이 말했다. 그러나 형제에게 손 쓸 틈도 주지 않고 몸소 주워 휴지통에 넣는다.

아아, 테츠노부의 오층탑이.

아키노부는 생각했으나, 그것 역시 입 밖에 내지는 않았다. 어머니가 고타츠 이불을 휙 걷어 올린다.

"역시나 안에다 벗어 놓았구나."

어머니는 두 사람의 양말을 끄집어내어, 어딘가로—물론 목욕탕이겠거니, 하고 형제는 추측했으나—재빨리 가져갔다.

"말도 안 돼."
파란 하늘이다. 시부야 거리는 언뜻 한산해 보인다.
"여기도? 그래서 여기도?"
나오미는 코타의 팔에 매달리다시피 하고 걸으면서 빽빽이 늘어선 호텔을 쳐다본다. 정월 휴가 끝머리의 러브호텔은 대낮부터 죄다 만실이었다.
"말도 안 돼."
같은 말이 몇 번씩 입을 통해 나오는 건, 자꾸 상상이 되기 때문이다. 네모나게 구분되어 있는 그 많고 많은 방에 전부 남자와 여자가 들어 있다.
"우리처럼 휴가 동안 못 만나서 힘들었던 거야, 틀림없이."
동정 섞인 한숨을 내쉬면서도, 놀라움과 우스꽝스러움, 거기다 지금 코타와 함께 있는 기쁨에 목소리가 들떴다.
연말부터 연초까지 코타는 합숙에 참가했고, 나오미는 가족과 지냈다. 그래서 오늘은 또다시 오랜만의 데이트가 되었다. 작년이었다면.
붐비는 좁은 골목, 만실 간판이 내걸린 호텔, 쓰레기장의 도둑

고양이. 1월의 시부야 공기를 들이마시면서 나오미는 기분 좋게 생각한다. 작년이었다면, 아마 난 따분하고 불안하고 우울해졌을 테지.

겨울방학이 시작되자마자 나오미는 코타와 온천 여행을 했다. 단 둘만의 여행은 처음인 데다 오래된 온천마을은 어쩐지 은밀하고 불가사의해서, 나오미는 사뭇 가슴이 두근거렸다.

"소중하게 생각하고 있어."

유카타에 방한용 솜옷을 걸쳐 입고, 툇마루라고 해야 할지 창가라고 해야 할지, 어쨌든 방 한쪽의 판자를 내단 곳에서 코타는 그렇게 말해 주었다.

"졸업을 하건, 취직을 하건, 그 마음은 변함없으니까."

코타의 품에 머리를 기대면서 나오미는 눈을 감고 그의 말을 들었다.

"정말?"

눈을 뜨고 얼굴을 보며 똑똑히 확인했다.

"정말."

부드러운 목소리로 코타가 대답했다.

나오미에게 다른 건 이제 아무래도 좋았다. 마미야 형제도, 쿠즈하라 요리코의 '어른의 사랑'도, 유미의 '언니는 너무 물러'

라는 말도.

더 이상 두려워하지 말자.

이유는 알 수 없지만, 다디단 오로나민 C를 마시면서 나오미는 그렇게 생각했다. 두려워하지 말고 코타를 믿자. 만나지 못해도 불평하지 말자. 차이고, 그 후 아무도 사귀지 못한다 해도……. 훗날 마미야 형제처럼 유미랑 즐겁게 살게 될지도 모른다. 그렇게 똑바로 인생을 걸어 나간다면. 남들 눈이나 모양새, 쓸데없는 것들에 얽매이지 않고 살아간다면.

"러브호텔은 다른 사람들한테 양보하자."

나오미가 활기찬 목소리로 말했다.

"우린 젊고 서로 사랑하는 커플이니까, 북풍 속을 산책하자!"

"겨울은 유리창이 뿌예져서 좋아."

테츠노부가 말했다. 형제는 TV로 여자 배구를 보면서 오뎅을 쑤석이고 있다. 아키노부는 혼마 나오미를 만나고 싶지 않았고, 테츠노부는 오오가키 사오리를 '빼앗지' 못했기에 결국 둘만의 파티가 되었다.

"응, 겨울은 좋아."

아키노부가 대답했다. 난방과 오뎅의 훈훈한 김으로 실내가 따스해서 맥주가 유달리 맛있다. 세상 남녀 간의 다툼은 자신이나 동생에게 견디기 어려운 일임을 통감하고 있는 아키노부에게 이 집안은 누에고치처럼 편안하다.

"옛날엔 겨울이 싫었어."

테츠노부가 말했다.

"추워서……."

그 다음 말은 듣지 않아도 아키노부는 알 수 있었다. 때문에 동생의 말을 가로막듯이 응, 응, 하며 끄덕인다. 한 손을 들어 '다 말 안 해도 돼' 하고 대충 넘기려는 몸짓을 했다.

겨울에도 반바지를 입고 다니는 아이들이 있었다. 그 아이들은 추위에 강한 것을 자랑하듯, 외투에 머플러까지 칭칭 두르고 어머니가 타이츠까지 신겨 보내던 마미야 형제를 노골적으로 경멸했다.

추우면 화장실에 자주 가게 되는 아키노부는, 놀이를 중단시켜 한창 즐겁게 노는 친구들의 흥을 깨기 미안해 말도 못 꺼내고 참다, 결국 타이츠를 적셔서 얼어붙게 했던 일을 지금도 기억하고 있다. 또 테츠노부는 사람들 앞에서 얼굴이 빨개지고 안경에 김이 서리는 데다 번번이 코를 푸는 것이 싫어, 고교 3년 내내 1, 2월에는 그토록 좋아하는 라면을 스스로 금한 적이 있었다.

지금이야 아무래도 좋다.

그런 생각에 형제는 해방감을 느낀다.

"겨울은 좋지."

그리고 몇 번이고 그 계절을 함께 찬미한다. 입 밖에 냄으로써 좀 더 강한 확신을 얻으려는 듯이. 밖에 나가 놀라고 강요받을 일도 없고, 스키를 못 탄다고 위축될 필요도 없다. 크리스마스에 선물할 상대가 필요하면 형제 둘이 주고받으면 된다.

―아쉽다.

오뎅 파티 중단 소식에 유미는 그렇게 말했다. 어묵을 우물우물 씹으면서 테츠노부는 회상한다.

―어째서? 애인이랑 단 둘이 하려고?

학교 뒷마당에는 서리가 내려 있었다. 테츠노부는 엄청난 양의 쓰레기를 재분류하는 작업을 하고 있었다. 평소 좋아하는 가죽점퍼를 입고서. 아키노부가 싫어하는 징과 술 장식이 달린 무거운 디자인이다. 10년 넘게 입다 보니 여기저기 닳아 가죽이 얇아지고 색도 바랬다.

―그런 건 아니야.

테츠노부는 포커페이스를 유지하려고 노력했다. 자신의 실연이, 이 젖비린내 나는 소녀에게 무슨 상관이 있을까.

이미 끝난 일이고, 후련하다는 모습을 보이기 위해 짐짓 작업에 몰두하는 척했다.

―흐음.

유미의 반응에서 그녀가 무언가 감지했음을 테츠노부는 알 수 있었다.

그때 그 일이 일어났다. 쿵, 하고 무언가가 등에 와서 부딪쳤다. 유미의 양팔이 테츠노부에게 휘감기고, 가죽점퍼에서 공기가 빠져나가는 희미한 소리가 났다.

―그러셨어.

유미의 목소리가 들렸다. 멋대가리 없는 목소리였다. 형편없이 낮고, 만화 같은, 그러셨어, 라는 말. 그러나 뒤이어 나온 말은 부드럽고 가련하게 울렸다.

―이건 달라. 사랑이 아냐. 우정의 포옹이니까.

등에 유미의 뺨이 닿는 것을 느꼈다. 테츠노부는 꼼짝할 수 없었다. 마비된 것처럼, 손수레와 콘크리트 소각로와 풀과 푸른 하늘을 안경 너머로 바라보았다.

"너, 오뎅 좋아하는구나."

아키노부가 말했다.

"몇 개를 넣은 거냐, 대체."

테츠노부가 히죽 웃는다.

"좋잖아, 몇 개든."

유미가 포옹한 것을, 테츠노부는 아키노부에게 이야기하지 않았다. 그건 비밀이었다.

"형이 좋아하는 무랑 다시마도 잔뜩 들어 있잖아."

작은 비밀을 갖는다는 것. 그리 나쁘지 않은 기분이었다.

오오가키 겐타의 이혼이 성사될 모양이다.

아키노부는 그 이야기를 동생에게 전해야 할지 어떨지 고민한 끝에, 말하지 않는 것이 낫겠다고 판단했다.

"무는 젓가락으로 갈랐을 때 김이랑 냄새가 포옥 올라오는 게 좋아."

그렇게 말하고, 델까 무서워 거의 입을 다물지도 못하고 씹어 삼키면서 아키노부는 떠올린다.

―한숨 놨어.

라고 말했을 때의 겐타의 표정을.

―그동안 미안했다. 여러 가지로 불편을 끼쳐서.

복도 귀퉁이의 끽연실에서, 겐타는 그렇게 말했다. 그는 지쳐 보이는 얼굴을 하고 있었다. 안자이 미요코와 있을 때의 겐타와는 전혀 다른 사람 같았다.

―위스키, 쏘세요.

아키노부가 말했다.

―언젠가, 스코틀랜드에서.

오, 그래, 하며 미소 짓는 겐타는 아키노부의 눈에 역시 샘이 날 만큼 좋은 남자로 비쳤다.

"우왓!"

응원하는 여자 배구팀이 득점하자 테츠노부가 굵직한 소리를 내지른다.

"주먹을 휘두르려거든 젓가락이라도 내려놓던지."

아키노부는 주의를 주고, 작은 접시에 담긴 진하고 뜨거운 수프를 후르륵거린다.

"응원하는 팀이 강하면 기분이 좋아."

테츠노부의 말에 아키노부도 고개를 끄덕인다. 야구 경기가 없어도, 형제는 평온한 마음으로 하루하루를 지낼 수 있다.

아키노부는 겨울 아침이 좋다. 숨을 들이마시면 폐가 팽팽해지는 느낌이 들고, 머리도 맑아지는 것 같다. 혼마 나오미가 비디오 대여점 아르바이트를 그만두었다는 사실을, 오늘 아침 테츠노부한테서 들어 알았다. 테츠노부의 정보원은 혼마 유미로, 그 정보에 의하면 나오미는 영화 배급사에서 새로운 아르바이트를 하게 된 모양이다.

나오미를 위해 정말 잘 된 일이라고 아키노부는 생각했다. 자신의 경험을 들먹일 것도 없이, 사람은 누구나 다 원하는 직업을 가질 수 있는 건 아니다.

흐린 하늘이다. 상점가의 가게는 모두 셔터가 내려져 있고, 움직이는 것이라곤 비슷비슷한 복장의 직장인 아니면 등교하는 학생들뿐.

아키노부는 코트 위에 머플러를 두르고 장갑도 꼈다. 유난히 추위를 타는 그였다. 그래도 추운 날엔 몸에서 더 힘이 솟는 것 같다.

자동 개찰구를 통과하여 하나뿐인, 작고 클래식한, 옛날부터 변함없는 이케가미 선의 플랫폼에 선다. 늘 타는 전철을 기다리며 하얀 숨을 토한다.

올해부터 아키노부는 영어회화 교실에 다니기 시작했다. 언젠가 스코틀랜드를 여행하게 되었을 때, 영어를 못하면 곤란하겠다는 생각이 들었기 때문이다.

'아키노부 씨께'라며, 혼마 자매가 테츠노부 편에 아동용 영어 단어 마그네트를 선물해 주었다. 떠올리기만 해도 웃음이 나는 그것은 완전히 어린아이들 용으로, 애플이니 도그니 플라워니 하는 단어가 컬러풀한 그림 밑에 인쇄된 자석이었다. 아키노부는 그것들을 냉장고 문에 잔뜩 붙여 놓았다.

테츠노부는 오오가키 사오리를, 이제는 '고고한 사람'으로 부른다. '얼음 여인'이라고 할 때도 있지만, 아키노부가 그렇게 부르면 불같이 화를 낸다. 그 사람은 그런 사람이 아냐, 형은 몰라, 하면서.

주머니 속 휴대전화가 진동하며 메일이 도착했음을 알린다. 동시에 전철이 플랫폼으로 미끄러져 들어온다. 문이 열리고 혼잡함 속으로 사람들이 또 몰려든다.

메일은 테츠노부가 보낸 것이었다. 혼마 유미가 등록도 해 주고, 보내는 법도 가르쳐 주었다. 테츠노부는 아키노부한테도 휴대전화로 메일을 이용할 수 있게끔 해 주었다.

추우니까, 오늘 밤은 츠케멘집에 가자.

액정 화면에 표시된 문장을 읽으며 아키노부는 기뻤다. 계절의 추이며 나날의 식사를 함께 나눌 수 있는 사람이 있다는 건 좋은 일이다.

그래.

짤막하게 적었다. 문 쪽으로 떠밀리면서, 창밖의 시든 겨울 풍경을 향해 송신 버튼을 누른다. 어디를 향해 눌러도 마찬가지겠지만, 아키노부는 무심코 그렇게 한다. 리모컨으로 난방을 켤 때처럼.

옮긴이의 말

 애당초 범주 밖의, 있을 수 없는, 좋은 사람인지는 모르지만 절대 연애 관계로는 발전할 수 없는……, 한마디로 볼품없고 요령 없고 다분히 오타쿠적인 분위기의 두 사람. 하지만 가만히 안을 들여다보면, 의외로 즐겁고 신나는 인생이 펼쳐지고 있다.
 스포츠 중계에 열광하고, 독서에 열중하고, 영화 감상, 음악 감상, 직소 퍼즐, 비디오게임, 각종 모형 만들기, 저녁 외식을 겸한 산책까지……. 이들 형제에게는 그저 길을 걷는 행위조차 즐거운 소풍이고, 계절의 변화마저 기분 좋은 즐거움이다. 사실 연애에 서툴 뿐 하루하루 소소한 즐거움을 만끽하며 성실하게 살아가는 정직한 청년들이다.

연애에 관한 한 어쩐지 슬프고 안타까운 마음이 드는 것도 사실이지만, 그것도 잠시, 너무나 많은 것들을 공유하고 즐기며 살아가는 두 사람의 일상을 상상하는 사이, 나도 모르게 그 공간에 참여하고픈 마음이 샘솟는다. 누구나 한 번쯤 꿈꿔 봤을 일들을 단순 명쾌하게 실천하며 살아가는 그들의 생활방식이 부럽기까지 하다.

물론 이 시대가 요구하는 멋진 남성상은 아닐지 모른다. 그럼에도 이들 형제를 만난 여성들은 그리운 장소를 찾듯 형제의 집을 다시 찾고(연애와는 다른 감정으로 다가간다는 게 형제에겐 슬프겠지만……), 자신을 돌아보며 제자리를 찾아간다. 친근감 있고 평화로운 공간, 소소한 일상의 즐거움을 완벽하게 만끽하며 살아가는 두 사람에게서 위안과 용기를 얻는다. 뭐야, 뭐지? 하면서도 빠져드는 건, 분명 이들만의 특별한 무언가가 있기 때문이 아닐까. 이런 나여도 괜찮아, 라는 자기 긍정감으로 재미없는 일상을 단숨에 재미있는 것으로 만들어 버리는 두 사람. 나이 들어서도 즐겁게 놀 수 있다는 것, 어른이 된다는 것은 어린 시절의 기억을 완전히 잃는 것이 아님을 형제는 일상을 통해 일깨워 주고 있다.

늘 그래왔듯 연애에 대한 기대를 버릴 수 없는 형제에게 짧은 기간 작은 변화가 찾아오고, 또다시 새로운 실연(?)의 아픔을 겪게 되지만, 이들에겐 즐거운 일, 해야 할 일이 너무나 많기에 슬퍼할 겨를조차 없다.

　수영을 못해도 물에 뜨는 비트 판이 있으니 문제없다. 자동차 운전면허가 없어도 여행을 갈 수 있고, 여자가 없어도 즐거운 일은 얼마든지 있다. — 본문 중에서

　자신 안에서 너무나 많은 행복을 이끌어 낼 줄 아는 형제에게, 오늘과 내일은 언제나처럼 소박하고 즐겁게 흘러간다. 가끔은 의기소침하게 흘러갈지라도 이들에게는 연애와 또 다른 담백한 인간 관계가 있다. 추억을 나누고 즐거움을 나누고 일상을 나누는……. 어쩌면 현실에서는 그렇게 담백한 인간관계를 유지하는 것이 연애에 빠지는 것보다 어렵지 않을까.
　이 겨울, 따뜻하고 유쾌한 기운이 살아 숨쉴 것만 같은 형제의 집에 초대 받아 가고 싶다는 마음이 새록새록 들면서, 쉽게 달라질 것 같지 않은 형제의 그 후 이야기가 벌써부터 기다려진다.

2007년 2월, 신유희